Lismaren

Vengeance

Un livre de Jesper Persson

Auteur Jesper Persson

Un livre de l'auteur Jesper Persson
Droits d'auteur 2017-20 2 0 Jesper Persson
Éditeur Jesper Persson
ISBN: 978-91-986545-2-3

Maître de conférences BeDe

Prologue

Il se passe quelque chosedans le petit village, qui depuis de nombreuses années a un Lismare, qui règne et gouverne. Il enchante complètement ces villageois avec de nombreux mensonges que Lismaren veut que ces villageois plus âgés croient et détestent l'autre personne. Les villageois se demandent probablement pourquoi la personne "détestée" n'entend pas parler d'eux ou ne dénonce pas les accusations qui circulent actuellement dans le village. Pourquoi le "Hated" agit-il ainsi?
À l'heure actuelle, tout le monde dans la petite communauté est trés triste pour Lismaren qui a été affecté par une si mauvaise personne.
Les questions sont nombreuses et les habitants du village veulent savoir à qui ils peuvent faire confiance. Est-ce Lismaren ou le "détesté" qui est fiable.
Mais surtout, qui est Lismaren!

Explication

Erik "détesté"
L'heureux vieillard de la facture (Un gentil vieil homme
de vieux caractère)
Prune (une jolie femme)
La police paranoïaque (Anton)
Mme Watson (protectrice contre l'être de l'art noir)
André de KUT (Service de renseignements criminels)
Per (homme d'assurance)
John (gardien)
Tore (chef de la police)
Eva (inspecteur de police)
Mère (pasteur)
Gunnar (Pathologiste)

Chapitre 1

Erik venait juste d' être libéré de l'institution et se trouvait
maintenant dans sa nouvelle maison, dont il était très
heureux. Il se promenait principalement dans sa
maison, cc qui était beaucoup de travail
à faire lorsque vous êtes assis sur le slammer. Son
interlocuteur à l'institut s'est rendu compte qu'il y avait
beaucoup de travail à faire pour aménager une maison
pour Eri k. Maintenant, il y avait une maison, donc la
personne de contact et Erik étaient très satisfaits du
résultat, même si la maison était en mauvais état.

Erik pensait que c'était beaucoup plus calme
que le slammer, vivre dans sa propre maison comme il le
faisait maintenant. Le mobilier avait n ot encore venu, ils
viennent d' abord le prochain jour, donc Erik a dû
s'asseoir sur le matelas qui symbolise une chaise, quand il
n'y avait rien d' autre. Incidemment, peu importait que
je sois dans une maison non meublée, comme il le faisait
en ce moment, c'était une maison pour laquelle il était
heureux. Tant que vous en tant que personne avez un
endroit où être, vous devez en être heureux. Erik
commençait à se lasser de toutes les impressions de
liberté, il y avait beaucoup de nouvelles choses dans sa
nouvelle vie. Erik pensait que la nouvelle vie semblait
vraiment agréable et voulait vraiment réussir, et même s'il
savait que ce serait très difficile de faire partie de la
société, il voulait faire un essai.
Erik s'allongea sur le matelas car il était très fatigué de
toutes les impressions. Il réfléchissait à la façon dont il
serait contre les autres personnes de la société.
Erik s'est endormi, il était si fatigué, et quand il s'est
réveillé le lendemain matin, il était allongé là parce que

les gardes disaient toujours bonjour et bonne nuit, quand
ils fermaient les cellules tous les jours.

C'était vraiment agréable de rester sur le matelas, sachant
qu'il n'y avait pas de gardes qui disaient bonjour ou bonne
nuit.

Erik a commencé la journée en prenant son petit-déjeuner
et en se brossant les dents, ce que vous faites toujours
au slammer, il a eu des routines pendant toutes les
années en prison, et elles sont difficiles à rompre. N ux il
était temps avec la pensée suivante, et ce fut lui qui
ouvrirait la porte. Erik n'avait pas été en mesure d'ouvrir
sa propre porte de cellule depuis de nombreuses années. Il
se demanda s'il ouvrirait la porte lui-même. Il était tout à
fait certain qu'il ouvrirait la porte s'il ne voulait pas rester
à l'intérieur toute la journée.

Erik pense à quel point il était devenu étrange, pendant les
années où il était assis sur le slammer. Il se demandait
vraiment comment il pouvait faire partie de la société.

La mère d'Erik était censée venir avec les articles
ménagers pendant la journée, ce qui signifiait que quelque
chose allait se passer, cela ne s'est jamais produit sur
l'institution libérée par Erik. Erik était juste assis en
regardant par la fenêtre à la table de pause- déjeuner,
quand une femme d' âge moyen est venue avec son petit
chien, et probablement sa petite fille qui est venue
quelques mètres derrière elle.
Erik pensait que c'était un silence qu'il n'avait pas connu
depuis de nombreuses années, et auquel il n'était
probablement pas habitué, après la vie qu'il avait vécue
ces dernières années. La mère et la fille avec le chien
vient de passer, alors Erik était assis regardant les maisons

voisines, quand Erik est assis en regardant par la fenêtre,
sa mère vient avec ith une voiture et la remorque, et il y
avait aussi 3 dàutres personnes qui aideraient á transporter
des meubles et divers´ articles de la roulotte, des meubles
et des articles que l`église a ramassés á dáutres familles
afin quil puisseavoirsa propre maison.

Erik pensait que toutes ces personnes lui offraient des
opportunités pour une nouvelle vie. Dehors, c'était
l' hiver, et la neige s'est rapidement transformée
en neige piétinée qui est devenue vraiment glissante pour
marcher. La plupart ont été très prudents car la neige était
pressée. C'était devenu de la glace et personne ne voulait
glisser.

Bientôt, il fut plein à l'intérieur de la maison et il devint
difficile de prévoir où se situerait la prochaine chose. La
maison qu'avait Erik était assez grande et elle était
remplie de toutes les choses qui se trouvaient au milieu du
sol. Quand tout avait été transporté dans la maison, tous
ceux qui avaient aidé se rassemblaient dans la
cuisine. Tous les gens qui se tenaient autour de sa mère
pensaient que c'était une jolie petite maison que son fils
avait trouvée, maintenant qu'il recommencerait.

Erik pensa que c'était un sentiment étrange qui se
présentait maintenant dans ces circonstances. Les gens ou
soi-disant Svensson, qui était maintenant autour d'Erik,
ont créé un sentiment très étrange avec lui. Erik se
demandait comment serait sa nouvelle vie, si, à l'avenir,
avec beaucoup de gens naïfs, qui feraient désormais partie
de sa nouvelle vie. La mère d'Erik est venue avec ses
meubles, qui ont été utilisés, et que l'église avait apportés
à Erik, et que sa mère livrerait quand il a
quitté l'institution, qui travaillait autrement comme vicaire

dans l'église suédoise, donc il a ressenti à la fois bon et
sûr pour lui, maintenant qu'il était de nouveau dans la
communauté. Le vieux concierge de l'église était
également impliqué et a aide avec les choses et les
meubles qui entreraient dans la maison qu'Erik avait.

Tout le monde était heureux, mais Erik ne comprenait pas
pour le moment pourquoi ces personnes étaient si
positivement réglées et avaient si facile de rire. Pour Erik,
c'était bizarre, et il avait du mal à le prendre. La mère
d'Erik avait l'air heureuse et voulait juste que ce soit bon
pour son fils qui venait d' être libéré du slammer.

Erik a estimé qu'il y avait de grands espoirs avec toutes
les félicitations qu'il avait reçues. Sans parler de sa mère,
qui était complètement lyrique et pouvait facilement
planer sur le sol. Le dernier meuble se trouvait à
l'intérieur de la maison et la porte d'entrée pouvait être
fermée, il était à 15 minutes, donc toute la maison était
devenue froide et tous ceux qui portaient des choses
étaient gelés et pensaient probablement que c'était
agréable d'entrer. la maison et se réchauffer, et cela aussi
pensa Erik.

Quand tout le monde était à l'intérieur de la maison, Erik
ne savait pas quoi dire car il a un langage complètement
différent sur le slammer.

Puis la mère d'Erik est intervenue et a rompu le silence, et
a dit quelques mots bien choisis, et où elle espérait
vraiment que cela irait bien pour son fils, qui est
maintenant sorti du slammer, comme elle l'a formulé. Puis
elle a terminé son discours en regardant Erik, et lui a
souhaité bonne chance, et que Dieu serait avec lui dans sa
décision à venir.

Toutes les personnes qui ont participé avec elle et qui
voulaient une fois de plus le succès d'Erik.
Après que la mère d'Erik eut fini de parler, les
gens retournèrent à la voiture. La mère d'Erik est resté un
peu et a parlé à son fils, dont elle était un peu inquiet, b ut
elle ne voulait pas prendre cet appel maintenant.
Ce n'était peut-être pas le bon forum pour souligner cette
préoccupation, un jour important comme celui-ci pour
Erik.

Chapitre 2

Erik a été laissé sur le vestibul pour faire signe à sa mère,
qui est maintenant retournée à l'église dans sa voiture, et il
semblait que tout le monde faisait signe dans la voiture
quand elle est partie. C'était difficile à voir, quand la
voiture était enneigée.

Erik resta quelques minutes sur le vestibul pour sentir la
piqûre de froid sur son visage, car Erik n'était pas sorti en
liberté depuis de nombreuses années.

Tout le monde prend les choses pour acquis, et la liberté
fait naturellement partie de la vie d'un Svensson. Pour
Erik, la liberté n'était pas quelque chose de naturel.

Le sentiment qu'avait Erik **était de sortir pieds nus sur
une grande prairie et de sentir toutes les odeurs et que
l'herbe était un peu humide sous ses pieds.**

Le sentiment qu'Erik avait sur le slammer **était le même
que ci-dessus, à l'exception qu'il n'avait pas le sens de
l'odorat, puis toute la situation devient complètement
différente.** Erik savait qu'une personne est guidée par ses
sens, c'était quelque chose qu'il avait vraiment appris sur
le slammer. Les gens sont guidés et agissent en fonction
de leurs sentiments, et le correctionnel voulait vraiment le
souligner quand Erik s'est assis à l'intérieur du slammer.

Maintenant, Erik se figea alors il entra du vestibul, dans
sa maison et le silence se rappela à nouveau. Que ferait
Erik maintenant? Le futur serait-il comme ça?

Erik était une personne très active, il devenait donc
difficile de ne rien pouvoir faire. En fait, il n'avait aucun
travail, ni aucun travail qu'il pouvait mettre

la mâchoire dans la journée. Les journées sont donc
devenues longues et ennuyeuses.

Ce n'était pas un avenir qu'Erik avait espéré à
sa sortie du slammer, il avait un lecteur qu'il utiliserait
à n'importe quel prix. Maintenant, il n'y avait aucune
possibilité pour cela, alors il devait tirer le meilleur parti
de la situation, ce qui signifierait qu'il ne
pourrait malheureusement pas se développer en tant
que Svensson régulier, avec toutes les possibilités que ces
personnes avaient, avec des passe-temps et autres.

Maintenant, il était devenu une situation qui ne se posait
pas, comme SUPErVI d'Erik SOR dit. Erik doit montrer
au superviseur que son inquiétude était inutile. Chaque
jour de la semaine, Erik se composait de nourriture, faisait
le lit et se brossait les dents, il n'y avait donc pas
beaucoup de différence entre le slammer et vivre dans la
communauté.
La grande différence était qu'Erik pouvait sortir quand il
le voulait, il ne pouvait pas le faire sur le slammer.

L'inquiétude qui avait surgi chez le superviseur d'Erik
n'était pas si étrange, elle savait qu'Erik avait
un dossier très sombre à travers les papiers qu'elle lisait
avant de prendre la mission. Vous pouvez, en tant que
détenu, obtenir une probation non professionnelle ou
un superviseur qui se trouve dans l'établissement de soins
gratuits. Heureusement, Erik avait reçu un superviseur
privé plus indulgent.

Le superviseur savait que la situation était mauvaise et
elle voulait qu'Erik s'implique, parce que si Erik voulait
jouer ou retourner au crime, la société était extrêmement
pauvre. Erik avait été dans le froid pendant près de 20

ans, il était bien formé et mettait sa vie en danger, avait
une enquête internationale, pour faire basculer une société
dont il ferait maintenant partie, et cela ne s'était pas si
bien passé. encore.

La mère d'Erik appelait souvent et se demandait si tout
allait bien, et il se sentait bien.
- Oui, répondit Erik.
Il y avait beaucoup de questions que seule une mère
pouvait poser, et Erik a répondu au mieux de ses
capacités. Sa mère avait une voix très inquiète, même si
elle n'a rien dit à son fils, elle n'a même pas touché au
sujet. Il savait qu'elle voulait savoir, même si elle ne le
demandait pas.
La conversation a pris fin, Erik et la mère ont mis
le combiné.

Erik n'était pas directement habitué à avoir son téléphone
portable, il est dans une armoire de sécurité sur
le slammer, en lieu sûr. Le superviseur avait
probablement dit qu'il n'était pas si bon de faire sortir Erik
de la communauté. La superviseure ne pouvait pas en dire
plus, car elle avait le secret professionnel.
C'était probablement parce qu'elle avait une voix inquiète
lorsqu'elle parlait à Erik au téléphone.
Erik essayait tous les jours de se lever du lit, pour avoir
une routine de la journée, et c'était assez difficile avec les
conditions qu'il avait. Il était très difficile de réussir, alors
que la situation était complètement désespérée et avec un
avenir incertain.
De toute façon, Erik a eu du mal, même si la situation
était telle qu'elle était, car têtu il était vraiment, très têtu!

Pour chaque jour, Erik créait de nouvelles routines pour que les jours passent. Ce n'était pas si facile d'entrer dans une société qui a beaucoup d'exigences, ce qu'Erik ne pouvait pas, et qui a créé un niveau et un sentiment de ne pas pouvoir entrer dans la société, comme le ferait une personne ordinaire avec les conditions. Donc la question a inquiété la mère d'Erik et le superviseur, et ils ne savaient pas comment cela se passerait. Erik avait suivi 1 an après la démobilisation, où le superviseur rejoignait Erik au service de l'emploi pour trouver un emploi pendant les jours. Le lendemain, le superviseur est venu et a pris Erik jusqu'à aller au bureau de l' emploi.

C'était un peu tendu de rencontrer un agent de placement, il était un Svensson, et allait maintenant entrer Erik dans les rouleaux, afin qu'il puisse trouver un emploi pendant la journée. C'était assez difficile à comprendre, car Erik aurait peut-être quelque chose à faire maintenant. Le superviseur a essayé de voir tout ce qui était positif. L'agent d'emploi est venu dans la salle d'attente et est venu nous chercher à son bureau. Il était plutôt gentil, pensa Erik, il avait une manière habituelle et était poli. Erik pensa que c'était peut-être parce que cela créait un désordre dans son bureau, et il était un peu tendu pour cela.

Trouver quelque chose à faire était très difficile. Erik avait réalisé que ce serait très difficile. Le courtier d'emplois a beaucoup de questions, et Erik avait du mal à répondre à tout le monde, et tout cela, le fait de mauvaise humeur. Il y avait beaucoup de papier à remplir et le superviseur d'Erik était à ses côtés tout le temps.

On a remarqué que l'agent de placement était nerveux, il a bégayé et avait du mal à savoir comment les papiers

seraient remplis, même s'il l'a fait des centaines de fois au
fil des ans. Au début, il m'a dit qu'il était au service de
l'emploi depuis 25 ans, donc ce n'était pas directement la
première fois pensa Erik, mais il ne dit rien quand il était
tendu de toute façon.

Le superviseur d' Erik a pris les papiers, les a écrits pour
que ça aille plus vite, et l'agent de placement est
immédiatement devenu un professionnel
Lorsque le papier d'Erik a été rempli, le superviseur les a
laissés à l'agent de placement qui les a reçus avec un
sourire nerveux sur les lèvres.

Erik pensa qu'il avait l'air nerveux, car il ne voulait pas,
quitter ses yeux d'Erik.
Le superviseur était une personne très cool, qui voulait
vraiment qu'Erik ait quelque chose à faire pendant la
journée, même si elle savait que ce serait difficile.
Maintenant, Erik était inscrit au bureau de l'emploi et il
était temps pour le superviseur et Erik de partir. Ils ont
dit au revoir à l'agent de placement avant de partir.

Le courtier en emploi a demandé à Erik avant de partir,
s'il n'était pas possible de remplir une routine, afin que
le service de l' emploi puisse mettre en place n'importe
quel programme et libérer le salaire d'un éventuel
employeur. Erik n'a eu aucun problème avec cela et l'a
accepté.
Ensuite, tous les partis ont été séparés, parce que
maintenant Erik irait aux services sociaux, parce que c'est
la municipalité qui prend le relais quand quelqu'un
a été démobilisé du slammer.

Chapitre 3

Le simple fait de s'asseoir aux services sociaux pensait
qu'Erik était vraiment humiliant et voulait juste partir,
mais la superviseure était aussi têtue qu'elle était cool.
Le travailleur social est arrivé assez vite et les a amenés à
son bureau. L'assistante sociale était complètement verte
et ne pouvait presque rien faire. Elle a posé des questions
et le superviseur d'Erik s'est énervé. Le travailleur social
a demandé à Erik s'il avait de l'argent (?!), Puis le
superviseur d'Erik s'est vraiment énervé et a remis en
question celui-ci, qui posait de telles questions à
quelqu'un qui venait récemment du slammer, s'ils avaient
de l'argent!
- De toute évidence, il n'avait pas d' argent, pensez-vous
que nous étions allés ici? Demandé le travailleur social
superviseur!

La Supervi sor d' Erik était aussi rouge au visage que ses
cheveux, pour l'instant elle a vraiment commencé à se
lancer. Sa mâchoire était vraiment huilée.
Erik se sentait vraiment en sécurité avec ce superviseur,
ça fait du bien, pensa Erik.
Maintenant, cette tante sociale avait beaucoup de
questions à poser, qu'elle expliqua au superviseur
d' Er ik. Erik n'était pas à l' aise avec un Svensson
qui posait beaucoup de questions, ce qui au mieux
donnerait de l'argent à Erik pour le loyer et les articles
d'hygiène.

Le superviseur d'Erik était moins actif pendant que
la tante sociale posait les questions à Erik. La

superviseure était complètement rouge au visage, car elle
était contrariée par le travailleur social qui lui posait de
telles questions.
Elle a demandé à Erik ce qu'il payait en loyer, etc.

questions, donc juste était de répondre, le superviseur
a fait un commentaire de temps en temps.

Il y avait beaucoup de questions auxquelles répondre,
comment devrais-je pouvoir y répondre, pensa Erik. Le
superviseur a regardé Erik qu'il n'était pas à l'aise avec les
questions. Le superviseur a demandé si Erik devait faire
plus, ou s'il viendrait avec plus de papiers pour pouvoir
obtenir une subvention.
- Non, répondit l'assistante sociale seul Erik soumet un
relevé de compte donc ce serait tout parce qu'Erik pourrait
obtenir une bourse.
- Oui, alors nous pouvons aller Erik, nous sommes prêts
ici, et nous devrions juste soumettre un relevé de compte,
donc tout est prêt. Erik pensait que l' ordre social u nt était
vraiment vert, et avait absolument aucune sensation
du bout des doigts. Elle est allée après le livre à se donc
tout soit droit.

Erik était pas t plus hors du bureau social, si vraiment le
superviseur Erik soulagé tous les sentiments qu'elle avait
pour ce travailleur social. Ce n'étaient pas exactement des
mots réconfortants, dit-elle. Erik a compris qu'il y avait
des autorités et des municipalités qui n'étaient pas
directement liées à la façon dont tout fonctionnerait avec
la vie.

Cette pensée gardait Erik pour lui elfe, et ne voulait pas
en discuter avec son superviseur, car c'était comme si les

autorités et les municipalités s'opposaient à travers leurs
actions. C'était quelque chose qui restait avec Erik.
Le superviseur a demandé si cela lui semblait normal de
rencontrer les autorités et les municipalités dans sa
nouvelle vie.
Erik a répondu que la nouvelle vie comme Svensson était
quelque chose de complètement nouveau pour lui, et Erik
s'est rendu compte que ce serait difficile transition du
monde criminel
au monde Svensson. Le superviseur d'Erik a compris
qu'il avait de nombreuses nouvelles réflexions à penser,
sans parler de toutes les règles et lois auxquelles Erik doit
maintenant se conformer. L e superviseur
comprenait qu'il serait difficile pour Erik de respecter
toutes les règles de la société.

Erik et le superviseur ont discuté de tout le trajet en
voiture, et c'était à quelques kilomètres de rentrer chez
Erik depuis le service de l'emploi et le bureau social.
Erik était bientôt de retour à la maison et a vu la maison,
et il pensait que ça faisait du bien. Cela s'était passé
beaucoup pendant la journée, donc c'était agréable de
rentrer à la maison.
Le superviseur a simplement laissé tomber Erik, car elle
faisait autre chose pendant la journée. Ils se sont fait
signe, et Erik a remercié pour la photo d' aujourd'hui.

Il ne restait plus qu'à Erik de rentrer dans la maison,
même si c'était difficile d'entrer.
Erik pensa que s'il n'était pas plus actif de s'asseoir sur le
slammer, il y avait toujours des problèmes à résoudre.
À l'intérieur de la maison d'Erik se trouvaient tous les
meubles que sa mère et ses amis avaient laissés sur tout
l'étage. C'était vraiment compliqué, pensa Erik, et comprit
qu'il devait faire quelque chose s'il ne voulait pas, vivre

dans ce désordre. C'était agréable de pouvoir le faire, sans
aucun garde pour faire ou dire quoi que ce soit.

Il a commencé à soulever et à déplacer certaines choses,
qui se tenaient au milieu du sol où Erik allait, et même si
cela ne donnait rien du tout, la chose était déplacée sur le
côté, donc il était possible d'avancer, et est devenu plus
facile à nettoyer.

La journée est allée assez vite, pensa Erik, quand il était
parti avec son superviseur au service de l'emploi et
au bureau social, il lui en était reconnaissant. Il savait
que demain serait une journée lente et ennuyeuse. Il ne
faut rien prendre d'avance, pensa Erik, et continua de faire
bouger les choses. C'était vraiment désordonné dans la
maison et il y avait beaucoup de choses à mettre en
place. C'était très difficile pour Erik, car il n'avait pas été
dans la communauté depuis de nombreuses années et qui
allait maintenant meubler une maison entière avec tout ce
qui se trouverait dans une maison.

Erik se demandait comment il réussirait avec cela, il avait
été dans le froid pendant 20 ans et n'avait pas l'expérience
totale de la création d'un logement. Etrange qu'il y ait des
entraînements dans la cabine quand on est assis à
l'intérieur. Il y avait beaucoup d'éducation là-bas,
maintenant il n'y en a pas du tout, maintenant j'avais
besoin d'une éducation pensa Erik. Ouais, pensa Erik, et
continua de bouger et de mettre les choses en place.
Erik a supposé qu'il y aurait une table de cuisine avec des
chaises un, lit un canapé-TV et une télévision.

Cela devait être basique dans les meubles de la maison
d'Erik.
- Merde, pensa Erik, que tu n'as personne à qui demander
comment ça devrait être, ça ne peut pas être l'intention
d'avoir à deviner, et où personne ne s'en soucie. Tout le

monde se soucie quand quelqu'un enfreint la loi, mais
personne ne semble s'en soucier pour le moment. Très
étrange…
Il a continué à mettre les choses là où il pensait qu'elles se
trouveraient, c'était une grande incertitude avec Erik,
parce qu'il était complètement seul avec ça, et c'était
difficile il pensait. Erik avait beaucoup de mal à
comprendre, et il avait vraiment envie de retourner dans la
cabine, c'était étrange de le penser quand il venait de se
faufiler.
Erik était censé vivre des sentiments étranges.

C'était comme le slammer symbolisait une sécurité avec
Erik, qui pensait vraiment que c'était de la merde
avec la vie des Svensson.

Erik était vraiment fatigué, alors il se brossa les dents et
se coucha pour dormir. Dans la matinée, Erik pensait
appeler son superviseur et obtenir des suggestions sur
la façon dont il allait gérer les choses.
Il s'est réveillé assez tôt le matin, il s'est levé, a déjeuné et
s'est brossé les dents. C'était tout ce qui allait arriver ce
jour-là. Erik a vraiment souffert de cette vie ennuyeuse,
où absolument rien ne s'est passé pendant les jours, c'était
une vie indigne à traverser. Erik n'avait ni travail ni passe-
temps. Assez difficile à avoir lorsque vous venez
de démoder. Erik voulait juste que la montre disparaisse
pour pouvoir appeler son superviseur le matin.

Il était maintenant 9h30 du matin, et Erik pensait vraiment
qu'il était temps d'appeler le superviseur, pour qu'Erik
puisse trouver quelqu'un à qui parler, et qui savait
comment sortir à nouveau dans la communauté. Même
s'il n'avait pas tellement d'espoir qu'il y aurait une solution

universelle, il devait parler à une personne qui comprenait ce qu'il traversait dans les jours.

Erik a appelé son superviseur, et á entendu le premier signal téléphonique, et a déjà commencé à réfléchir à la première question qu'il allait poser… Il était complètement endommagé par le slammer, où tout serait prêt avant votre arrivée. La représentante du superviseur a menti après quelques signaux avec son nom.
- Hé, c'est Erik.
- Salut! Dit le superviseur. Qu'est-ce qui préoccupe votre esprit?
- Eh bien, j'ai réfléchi à où mettre tous les meubles et autres choses, dit Erik.
-Eh bien Erik, dit le superviseur. Difficile de répondre par téléphone, je viens vendredi, alors on pourra le réparer. Je veux t'aider, Erik.

- Oui, on peut faire ça, dit Erik, et la conversation finie, ils ont dit au revoir, et ont mis le combiné.
Oui, pensa Erik, c'était une courte conversation. Pour Erik, c'était une conversation importante qui a brisé le silence. Pour le superviseur, il y avait une conversation normale où cela symbolisait les appels de routine, pour Erik c'était une conversation très importante. Quand ils ont mis sur la main ensemble, Erik support avec le téléphone dans sa main, à cause de toutes les pensées qu'il avait.
Le superviseur vient vendredi, et cela faisait presque deux jours jusque-là. Qu'est - ce que Erik faire Duri ng ce moment - là, ce qui était si ennuyeux, mais que ferait - il faire ab sur elle, il est juste de souffrir, regarder positivement sur la vie, et tirer le meilleur parti de la situation. Erik ne savait pas ce qu'il allait faire et avait du mal à se motiver pour faire quoi que ce soit. Il a mis le

téléphone qu'il gardait à l'étroit dans sa main, et va à l'évier, il y avait beaucoup de plats, et maintenant, quand vous démobinez, vous devez le faire vous-même, et il y avait beaucoup de plat à passer après quelques jours de liberté.

Ensuite, je prends la vaisselle moi-même, pensa Erik, qui pensa une fois de plus que la vie de Svensson était vraiment ennuyeuse. Imaginez que je me tiens ici volontairement et que je me lave, cela verrait mes vieux amis, ils avaient pensé qu'il y avait quelque chose qui n'allait pas, qui s'est levé et s'est lavé.

Quand Erik s'est levé et s'est lavé, il a senti qu'il avait mal au dos, donc c'était apparemment un muscle qu'il n'avait pas utilisé pendant de nombreuses années, et le lavabo était vraiment bas, selon les mesures qu'ils avaient auparavant. Erik était blessé au dos, il n'était pas du tout habitué à ça, se tenant ici et faisant la vaisselle. En réfléchissant de plus près, il pensa que la vie de Svensson était moins amusante, où s'occuper, payer les impôts, travailler pour arriver au trésor, jouer avec son partenaire mercredi à propos de l'argent, magasiner le jeudi pour se faire foutre vendredi ... hm pensa Erik!

Ça ne peut pas être ça, pensa Erik! Comment les gens peuvent-ils vivre une vie aussi destructrice? Seule la pensée le rendait plutôt froid, qu'il ferait partie d'une telle société, putain!

Erik sentit que la brosse à vaisselle allait plus vite quand il pensait comme ça, maintenant beaucoup de vaisselle était prête, et c'était sympa, Erik n'aimait pas vraiment se laver.

Erik avait, au bout d'une demi-heure, lavé la dernière
chose dans l'évier, alors ce travail ennuyeux commençait
à se terminer, c'était à la fois bon et agréable.
Maintenant c'était le plat fini et Erik était assez épuisé, et
avait une grande douleur dans le dos, du moment qu'il
était debout et lavé.

Chapitre 4

Maintenant, il recommençait à sortir les autres choses de
la maison, ce que sa mère avait inventé, c'était un grand
défi pour Erik quand il n'avait aucune expérience de la
mise en place de meubles dans une maison. Il fallait que
ce soit une femme chevronnée et talentueuse pour voir où
chaque chose serait. Désormais, il n'y avait plus de
femme, alors Erik devait faire de son mieux pour voir si
cela convenait ou s'il serait déplacé dans un autre endroit
convenable de sa maison.

Il aurait aimé que ce soit vendredi, lorsque
le superviseur verrait si les choses étaient au bon endroit
chez lui, elle a l'expérience que seules les femmes
ont. C'était mercredi et il n'y avait personne à qui poser la
question. Erik pensa que c'était ennuyeux de ne pas
pouvoir voir où se trouveraient les objets, et il n'y avait
pas de couleur ou d'ombre à suivre, car tous les meubles
étaient un tas, que l'église avait parcouru dans différentes
maisons pour ramasser. Il y avait différentes personnes
qui avaient donné à l'église des choses qu'elles n'auraient
pas elles-mêmes, et c'était effrayant, pensa Erik, de les
mettre ensemble. Si ce n'était pas la mauvaise couleur, les
meubles ne s'emboîtaient pas. Ce n'était pas facile de lui

donner une belle apparence, mais l'idée était bonne, que l'église fournisse des meubles pour les plus nécessiteux.

Maintenant, Erik avait une tâche assez difficile à résoudre, à quoi ressemblerait cette solution. Oui, c'était juste pour Erik de sortir les choses, et j'espère que ça avait l'air bien quand le superviseur est arrivé vendredi, ce qu'Erik voulait vraiment. Mettre des choses dehors signifiait qu'Erik perdait parfois tout intérêt et devait faire autre chose. Il est passé de la SALON- chambre, dans le lit de place pour sortir sur le balcon, il y avait une porte dans le lit chambre, qui a ouvert Erik. Il sortit sur le balcon et rencontra de la sciure de bois qui se trouvait sur de grandes parties du balcon. On aurait dit qu'il y avait eu un sac qui s'était brisé et la sciure de bois qui s'était écoulée.

À gauche du balcon se trouvaient les petits déchets que l'ancien propriétaire avait apparemment oublié d'enlever, et qui apparemment est devenu la responsabilité d'Erik de les enlever maintenant. Tout comme je n'avais pas à faire avec les meubles, maintenant je devais les enlever aussi, pensa Erik. Il a regardé dehors dans le jardin, qui était assez sauvage, et où il y avait vraiment un grand effort nécessaire pour couper l'herbe et couper les arbres, afin qu'il puisse être organisé sur le jardin en désordre, qui ressemblait à Dieu totalement oublié.
A droite, alors qu'Erik se tenait sur le balcon, qui était un peu à l'extérieur du balcon, posait l'armoire électrique, là où se trouvaient les compteurs d'électricité.

Quand Erik était sorti de prison la dernière fois, vous deviez lire le compteur électrique dès qu'un nouveau propriétaire a repris les lieux.

Désormais, ils n'étaient plus obligés de lire ni le compteur d'électricité ni le compteur d'eau, quand il est devenu un nouveau propriétaire. Toutes les lectures ont eu lieu via la lecture à distance, les entreprises concernées l'ont donc appris de cette manière. Peut-être plus d'une lecture sérieuse, afin que les gens ne laissent pas les mauvaises informationslorsqu'ils prennent la relève dans une nouvelle profession.

Erik a choisi de rentrer dans la maison, pour essayer de la faire ressembler à une maison. Erik avait une bonne qualité, il était têtu comme deux ans, et cette obstination làvait probablement rendu capable de s'asseoir sur la hutte,, et de sortir de là sans etre complètement fou, comme lèntreprise aimait nous appeler cordonniers, et peutêtre quíl là fait, il était donc plus facile de construire une nouvelle maison.

Erik pensait que ce scénario était difficile à résoudre pour lui, il y avait juste beaucoup de choses qui étaient des trous et du bruit sur le sol, et qui devaient se tenir au même endroit, de sorte que le client se fondait naturellement dans la maison. Tel qu'il était en ce moment, c'était difficile à voir. Erik tenait une petite lampe à la main, qui serait posée sur un mur. Maintenant, Erik ne pense pas, que ce mur était là il est devenu un grand ger problème pour lui de résoudre. Cela a vraiment commencé à ressembler à une tâche complètement impossible avec les conditions, lorsque les choses provenaient de différentes maisons, il est donc devenu très difficile pour Erik de faire en sorte que les choses s'emboîtent correctement.

Soudainement, une voiture passe devant la maison d'Erik, et Erik regarde directement un couteau, ou ressemble à pouvoir se défendre en cas de menace ou autre qui affecterait Erik. Maintenant, c'était juste une voiture qui passait sur la route, mais Erik voyait toujours que c'était une position nette.

Erik lui-même se demandait si c'était normal, car un tel acte ferait peur à un Svensson ordinaire, si une personne court avec un couteau. C'était normal pour Erik d'agir comme ça, mais en même temps de penser à la façon dont une personne normale réagirait à quelque chose comme ça. Normal ou anormal?

Lorsque vous vous asseyez sur la cheminée, une telle action est tout à fait normale. Cela devient complètement faux quand vous devez vivre normalement, et en tant que Svensson pour le faire, pensa E rik qui s'était maintenant assis sur une chaise, le regardait d'un air fade et sentait comment l'adrénaline pomperait plus lentement que l'incident était long. Bien, pensa Erik.

Un tel comportement n'est pas accepté dans la société, et il a compris qu'il doit changer sa façon de faire et réagir plus ni mally. Ce n'était pas une décision facile à prendre pour lui.

Il veut pouvoir flotter dans la société et où les gens l'acceptent tel qu'il était.

Erik ne comprenait pas pour le moment comment cela se passerait. Le simple fait de changer leurs actions n'était pas facile, et les routines définies dans l'ADN d'Erik n'étaient pas du tout faciles à changer.

Erik se demandait vraiment comment il ferait?!

Il se leva de la chaise sur laquelle il était assis et recommença à placer des meubles et des objets qui deviendraient sa maison. L'horloge commençait à faire beaucoup l'après-midi et Erik voulait regarder la télé. Le canapé et la télé étaient en place.

Il n'y avait pas tellement de chaînes à la télé, il n'y avait que le sol sur le boîtier dont vous aviez besoin pour accéder à certaines chaînes. Erik était assez fatigué après avoir installé et placé les choses.

C'était un sentiment assez lourd qu'Erik avait, et maintenant il avait commencé son voyage en tant que Svensson, avec tout ce que cela impliquait avec des droits et des obligations. Erik aimait sa nouvelle vie, même s'il y avait beaucoup de règles à suivre. Il commençait par créer un tout nouveau circuit de copains, et juste cela, c'était un travail à plein temps. Erik aimait les défis, donc cela en créant un nouveau cercle d'amis était un défi qu'Erik aimait. Il mit la télé, s'assit sur le canapé pours regarder un peu, il se recouchait, après une longue journée.

Il attendait que ce soit vendredi pour que le superviseur puisse y arriver et mettre les dernières choses en place.

Erik comprit que ce serait une journée ennuyeuse jeudi et préférerait ne pas y penser. Il se demanda ce qu'il allait faire. Il avait du mal à le voir ... hmm.
Oui, je dois faire quelque chose, donc la journée n'est pas si longue et ennuyeuse, pensa Erik.
Erik sentit ses paupières, devenant de plus en plus lourdes à tenir. Il pensait qu'il allait se brosser les dents, mais il s'est endormi sur le canapé, et c'était une nuit avec ses vêtements sur et sans couverture. Il était si fatigué après une longue journée dans l'enseigne des meubles.

Le lendemain, Erik se réveille avec un mal de tête ennuyeux parce qu'il est allongé sur le canapé. Il était apparemment tordu et tout son cou lui faisait mal. Il f elt plus comme il était aussi rigide comme franz armoire chasseur. Erik sortait du canapé et prenait des analgésiques pour le cou, afin qu'il puisse bouger comme une personne ordinaire. Il essaya de tourner le cou avec la douleur qu'il avait subie alors qu'il était allongé obliquement sur le canapé. Ça faisait tellement mal qu'Erik a éclaté - AJ AS HELL!

Ça faisait vraiment mal, pensa-t-il, et c'était difficile pour lui de se concentrer sur autre chose en ce moment. Il est devenu deux forts Alvedon 665 mg et un peu d'eau.

Erik espérait que cela se sentirait bientôt un peu mieux. Il savait qu'il faudrait au moins une heure avant que ces pilules n'agissent. C'était assez long, quand la douleur était aussi forte qu'Erik l'avait ressentie.

Erik essaya de s'allonger sur le lit pendant que les comprimés fonctionnaient, et il les prit très doucement pendant ce temps jusqu'à ce que la douleur diminue. Il a juste regardé le plafond, puis vit qu'il y avait des petits points de caractère noir, c'était dans tout le plafond, et Erik se demanda bien sûr ce qu'étaient ces points. Erik essaya de se lever, mais la douleur était encore trop forte, alors les points ont tous dû attendre un moment. Bon sang, pensa Erik, les tablettes ne devraient-elles pas commencer à fonctionner pour que je puisse faire des choses. Mais il ne pouvait pas le faire maintenant.

Comment se fait-il que de grandes parties du toit soient pleines de points noirs? Si c'était de la moisissure, se demanda Erik. Il n'est pas´ possible que j'aie une maison avec de la moisissure, ou est-ce peut-être vrai?! Erik sentit en se réveillant que c'était très lourd à respirer, et c'était comme si quelque chose était assis sur sa poitrine quand il se réveillait le matin.

Ce n'était pas quelque chose auquel il pensait directement. Mais maintenant que tous les points sur le plafond étaient un fait, il se demandait clairement s'il s'agissait de pure moisissure, ce qui explique pourquoi il ne pouvait pas respirer si bien et qui lui causait également une forte pression sur la poitrine chaque matin. Oui, il y avait des pensées d'Erik, et ça s'est arrêté là, pour le moment, car il ne pouvait pas´ faire grandchose à ce sujet pour le moment.

Chapitre 5

Les pilules avaient commencé à agir, et Erik était moins raide et c'était agréable, cela avait pris un peu d'énergie à Erik avec la douleur, qui pouvait maintenant bouger un peu, bien qu'il remarqua que les pilules ne fonctionnaient pas complètement.
Erik a essayé de sortir du lit, ce qu'il ne pouvait pas, faire avant, alors que la douleur était si forte, mais maintenant ça s'est en fait plus facile, et la douleur était plutôt bonne, même si ce n'était pas encore bon.

Quand Erik s'est levé, il a commencé à se promener dans la maison, et il a pu constater qu'il y avait de petits points noirs dans chaque fenêtre, sur chaque cadre de
fenêtre au rez-de - chaussée, et un peu sur les murs autour des fenêtres. Maintenant, Erik a commencé à être un peu ennuyé par le vendeur. Comment diable pouvait-il vendre une telle maison? Maintenant que la mère d'Erik avait payé la maison, c'était très difficile si la maison se révélait malade. Que lui dirait-il?
Il a commencé à avoir de très mauvaises pensées sur le maudit vendeur, qui a trompé la mère d'Erik, une maison

peut-être malade, elle voulait juste qu'Erik le fasse bien,
dans sa maison.

Maintenant, il ne s'agissait pas seulement de déménager
les meubles qui se trouvaient dans sa maison. Maintenant,
il mettrait également de l'énergie sur un problème que
seul Erik connaissait pour le moment. Bon sang, pensa
Erik. Comment diable devrais-je faire maintenant, si je
devais mentir à ma propre mère, pensa Erik
frustré. Maintenant c'était difficile, pensa-t-il ...
Il y avait pas mal de pensées sombres chez Erik pendant
la journée, et sur ce qu'il voulait faire avec la malédiction
 le vendeur, qui aurait pu tromper sa mère. Une chose
était sûre, et c'était qu'il n'était pas bon chez Erik.
Elle avait également été sur le slammer, pour s'assurer
que son fils allait bien. Elle y est venue plusieurs fois
quand il s'est assis à l'intérieur, et Erik ne voulait pas la
décevoir, ni la voir avoir plus de problèmes à
craindre. C'était difficile d'y penser. Il s'agissait
maintenant de sortir les derniers meubles, et qu'au bon
endroit, pensa Erik, ses pensées allèrent au vendeur, à qui
il voulait vraiment parler dans une ruelle sombre.

Maintenant, Erik ne pouvait pas´ faire ce maudit vendeur
pour l'une des deux raisons, premièrement, il irait
directement à la garde à vue, puis au slammer, et
deuxièmement, sa mère avait été très déçue. Les mots que
sa mère avait prononcés en quittant les meubles se sont
fait entendre dans sa tête, qu'elle voulait «que Dieu fasse
partie de la prochaine décision d'Erik» et que les pensées
d'Erik n'étaient pas ce que Dieu voulait savoir.
Il y avait beaucoup de vengeance dans les pensées d'Erik,
et pour le moment c'est sa mère qui le retient, pour ne pas
agir en la matière. Il voulait juste expliquer certaines
choses à ce vendeur de maison, mais ne pouvait pas le

faire pour le moment, car il pourrait y avoir des conséquences si quelque chose n'allait pas. Il dut relâcher la question et la haine qui commença à s'emparer d'Erik.

Il voulait sortir dans la communauté, même si la montre était devenue tard dans la soirée. C'était agréable de pouvoir sortir moi-même et de déverrouiller la porte elle-même. Le mieux était d'éviter les foutus gardes, pensa Erik.

Quand il était debout sur le vestibul, il avait froid i t est devenu. Presque 20 moins, et il pensait que c'était fou. Pour simplement s'exposer volontairement, pour sortir le froid c'était maintenant. Erik a commencé sa promenade dans le petit village, espérant que ce serait à la fois rafraîchissant et long. Juste après une courte promenade, Erik se rendit compte que le froid avait mis ses traces, et voulait faire demi-tour après 10 minutes de marche.

Il a choisi de continuer sa promenade afin de dissiper ses pensées destructrices, qui étaient désormais très actives sur le vendeur.

Erik pensa à ce qu'il dirait à sa mère quand elle l'appellerait, la question était seulement quand elle l'appellerait.

Erik ne pouvait penser à rien de ce qu'il pouvait dire à sa mère, et la situation devenait tout à fait insoutenable quand il y pensait. Erik a vraiment pensé à où il était. Les pensées l'avaient quitté et il n'avait aucune connaissance locale.

Erik essaya de s'orienter dans le petit village, il n'y avait personne là - bas, donc il wasen't une personne pour poser des questions sur le chemin du retour. Les gens qui

vivaient dans le petit village n'étaient pas directement là-
bas.

L'horloge n'était pas tant que ça, mais les gens restaient
apparemment chez eux chez eux.

Erik contourna i n le petit village, même si elle
était totale ment déserte et même si elle était un petit
village, il pourrait se perdre dans la petite ville. Quand il
fut parti un peu de temps, il réalisa qu'il était parti et qu'il
était de nouveau chez lui. Ce n'était que quelques
centaines de mètres, puis il était rentré chez lui, la société
n'était pas grande. En rentrant chez lui, il avait perdu la
plus grande haine pour le vendeur, et il pensait que c'était
beaucoup mieux, même s'il pensait que toute la situation
avait succombé.

Erik entra dans sa maison et vit maintenant que les choses
qu'il avait exposées semblaient trop diaboliques. Il se
retrouva avec une veste et des chaussures, et se demanda
vraiment qui avait fait ça. L'ensemble de la situation
ressemblait plus à quelqu'un qui avait lancé une grenade à
main et l'avait meublée. La pièce ressemblait à la bombe
d'Hiroshima et de Nagasaki. Alors c'est vraiment faux,
pensa Erik
Il a raccroché sa veste, a lacé ses bottes et est entré pour
essayer de réparer les meubles. Erik s'est rendu compte
que son ignorance de pouvoir concevoir une maison était
quelque chose, pour une autre personne.

Il y avait beaucoup à faire et Erik a réalisé ses limites
dans ce domaine. Il a décidé d'en tirer le meilleur parti, le
superviseur est venu demain matin, donc c'était juste pour
essayer, en attendant.

Erik a vraiment dû se battre, donc ça s'est mis un peu dans les meubles, mais c'était difficile.

Il essayait de faire de son mieux jusqu'à ce que le superviseur vienne, ce n'était pas le désir direct d'Erik. Oui, il n'y avait rien d'autre à faire, alors Erik essayait de retrouver une maison normale.

Parfois c'était juste trop, il se demandait comment ça pouvait être. Les fois où il le pensait, il s'assit sur le canapé qu'il avait reçu de l'église. Le problème était seulement de se lever du canapé quand il s'est assis, d'avoir de l'énergie pour continuer le travail qu'il détestait vraiment faire.

Il ne restait plus grandchose dans la journée et Erik commença à regarder un peu le lit. C'est à 18h45 que les briques sont arrivées, pour verrouiller la cellule tous les jours. Il y avait des routines qu'il avait eues pendant de nombreuses années, et elles étaient difficiles à changer, parce qu'Erik venait de s'éloigner de la cheminée. Il se sentait fatigué tôt le soir, essayant d'avoir de nouveaux horaires et routines. Erik était assis depuis près d'une demi-décennie, donc les routines étaient inscrites dans son ADN. Comment pouvez-vous alors changer votre comportement sans que cela soit remarqué, pensa-t-il.

La fatigue est un combat difficile, même si Erik savait que c'était transitoire. Il ne voulait vraiment pas aller au lit car il serait difficile de nouvelles routines, et même si il a eu du mal, il ne pouvait se battre plus que jusqu'au 9 heures, lorsque la fatigue était vraiment difficile. Maintenant, c'était juste pour obéir à son corps et se coucher après s'être brossé les dents.

Il a dormi presque toute la nuit, sauf qu'il est allé aux toilettes et a fait pipi à deux reprises. Sinon, Erik a passé une bonne nuit de sommeil.

Le matin, il s'est réveillé assez tôt, c'est aujourd'hui,
vendredi, que le superviseur venait. Il était 8 heures du
matin et Erik monta, prépara le petit déjeuner et mit le
café. Il est sorti pour voir sa maison et ce qui avait besoin
d'être rénové pendant que le café coulait. Il y avait
beaucoup à faire et à bricoler dans la maison. Même si
Erik n'était pas un menuisier, il pensait probablement qu'il
le réparerait.

Erik rentra et vit que le café était prêt à boire et le petit
déjeuner prêt à manger. Il a versé du café et a commencé
à prendre le petit déjeuner. En fait, c'était bon, et c'était du
tout stressant comme sur la cheminée, où vous n'aviez que
30 minutes pour aller chercher et prendre leur petit-
déjeuner.
Maintenant, c'était beaucoup plus relaxant, et il pouvait
prendre toute la journée s'il le voulait. Maintenant, Erik
pouvait juste profiter de ce calme.

Chapitre 6

Le superviseur est venu juste au moment où Erik s'est
assis pour son petit déjeuner et á essayé de profiter du
moment. C'était comme si ça n'allait pas être
agréable. Cela faisait une demi-heure qu'Erik était assis
lorsque le superviseur est venu.
L'heure était à peu près la même qu'au foyer, et lorsque le
superviseur se tenait près de sa voiture, Erik se rendit
compte qu'il ne s'était pas brossé les dents avant qu'elle ne
vienne.
Merde pareil, je ne vais pas me baiser avec elle, pensa
Erik qui se leva de la chaise à la table du petit déjeuner, et
alla ouvrir la porte à son surveillant.
- Salut Erik, amusant de te voir!
- Salut, dit Erik, pareil.
Puis elle est entrée dans la maison.
Elle a demandé comment Erik l'avait et ainsi de suite.
- Oui, c'est plutôt bien, dit-il.

- Amusant de voir comment tu l'as eu, dit le superviseur.

- Oui, je ne l'ai pas encore, dit Erik en espérant que le superviseur aiderait à placer les objets.

- Oui, dit le superviseur… Erik il n'y a pasgrand chose à voir avec ta maison.

- Oui, il y en a, dit Erik avec consternation.

- Vous devez me faire visiter votre maison pour que je puisse en avoir une meilleure image, dit le superviseur.

- Oui, je le ferai, dit Erik avec espoir.

Quand Erik lui a montré toute sa maison, le superviseur a dit qu'elle devait être remise à sa place. Le superviseur d'Erik travaillait comme diacre dans l'Église suédoise et, grâce à son travail, avait un excellent contact avec de nombreuses personnes, et Erik le savait. Je vous aide à faire ça, dit le superviseur, à la surprise d'Erik.

- Eh bien, dit Erik. Cela aurait été très bien si vous l'aviez fait. Imaginez qu'il se réparerait d'une manière aussi appropriée, pensa Erik.

La superviseure a dit qu'elle était venue samedi matin et qu'elle avait mis les bonnes choses, lorsqu'elle était libre de son travail régulier à l'église, où elle enseignait entre autres la langue suédoise aux nouveaux arrivants.

- A quoi bon, dit Erik, qui était très heureux d'éviter ce travail destructeur de rangement des meubles.

La conversation n'a commencé que lorsqu'ils se sont assis à la table de la cuisine. Le superviseur a pensé que c'était une jolie petite maison que j'avais. Elle a demandé si elle était vide depuis longtemps, car elle sentait la fermeture lorsque vous êtes entré, a déclaré le superviseur.

- Oui, il est vide depuis un an, sans que personne n'ait vécu ici, répondit le superviseur d'Erik.

- Oui, c'est perceptible par l'odeur, dit le
superviseur. C'était un peu comme la mère et ses amis
avaient dit quand ils avaient laissé les choses.
Erik pensait que ce n'était peut-être pas une coïncidence,
que deux personnes différentes pouvaient parler de cette
manière comme le faisait le superviseur. Comment est-ce
possible?

Erik n'avait senti aucune odeur directement, mais il était
capable de déduire qu'il avait une impression assez grande
sur sa poitrine quand il se réveillait chaque matin, mais
c'était une chose sans importance pour Erik pour le
moment. Il n'y pensait pas beaucoup, et il lui suffisait
d'associer cela à sa mère. Oui, c'était difficile à dire, mais
c'était probablement le cas. Le superviseur a demandé si
Erik avait eu des contacts avec sa mère?

- Eh bien, répondit le petit Erik en évitant.
- Comment ça peut être Erik? Demanda le moniteur.
- Oui toi, il y a eu beaucoup à faire maintenant quand je
emménagé dans une maison et des meubles en désordre,
répondit Erik avec un, regard évasif. Il savait
Le regard du moniteur regardait constamment et voulait
une réponse complètement différente d'Erik.
- Erik, dit le superviseur.
A quoi penses-tu? Êtes-vous inquiet de quelque chose ou
est-il arrivé quelque chose?
- Non, non, dit Erik.
-Qu'est-ce qu'alors Erik? Je remarque que vous pensez à
quelque chose et que vous vous asseyez et vous vous
foutez, je remarque.
Mais Erik, a toujours répondu non aux questions. Cela
semblait probablement étrange au superviseur d'Erik.

Elle est sacrément têtue et voulait vraiment savoir ce qu'Erik avait en tête. Il y avait deux cultures qui se rencontraient. Erik avait l'habitude de se taire, et le superviseur avait l'habitude de discuter des choses. Elle était, après tout, une femme, et ils aiment parler et toucher leurs sentiments. Quelque chose de nouveau pour Erik. Discuter n'est rien que vous faites sur le canapé, alors c'est une vague. Il est complètement faux de le faire. Le superviseur voulait savoir pourquoi il en était ainsi, même si Erik évitait toutes les questions. C'est devenu un jeu de pouvoir et le superviseur a remarqué qu'Erik s'était totalement enfermé. Le superviseur a pensé qu'il valait mieux le relâcher pour le moment, quand Erik a connecté cela avec un interrogatoire avec un gardien, et ensuite ça ne marche pas, pensa le superviseur. Erik s'est adouci lorsque les problèmes se sont calmés, et même si c'était devenu un verrou chez Erik,

Ensuite, la superviseure en discuterait davantage demain, quand elle y arriverait et mettrait les choses et les meubles dans la maison d'Erik au bon endroit.
Le superviseur a demandé à Erik si c'était quelque chose qui l'avait mis en colère ou agacé, ou si tout allait bien avec toutes les nouvelles impressions qu'Erik avait reçues, après la démobilisation de l'institution, comme elle l'a dit.
-Il peut y avoir beaucoup de questions quand on n'est pas habitué, dit le superviseur.
Erik pensait que tout allait bien, même si c'était maintenant
éléments de vie qui ont vraiment agacé Erik. C'était juste des pensées, donc ça devait rester avec Erik.
Le superviseur ne semblait pas totalement acheter l'histoire d'Erik et se méfiait un peu de la situation dans son ensemble.

Erik regarda son visage, et son regard qu'il y avait un grand doute sur la vie d'Erik en ce moment, et maintenant le superviseur avait un soupçon que c'était son problème à résoudre. Erik ne savait pas non, plus comment résoudre cette situation, qui était maintenant devenue un autre problème sur la liste d'Erik.

Erik avait beaucoup à résoudre, même si le superviseur ne connaissait que les questions auxquelles Erik n'avait pas répondu. Elle n'en savait pas plus, et c'était assez agréable pour Erik de savoir, puisque le superviseur ne pouvait pas poser de questions sur ce sujet, bien qu'Erik était prêt à adhérer à la vérité, donc c'était difficile, compte tenu du sujet tel qu'il est maintenant où. Il se demandait clairement comment il s'en tirerait le moins du monde, et de la meilleure façon maintenant.

Le superviseur a commencé à se promener dans la maison d'Erik et à voir où tout pouvait s'intégrer naturellement. Le superviseur n'a pas dit grand-chose pendant la tournée. Erik se demandait comment il était possible de placer mentalement les meubles qu'il avait reçus de l'Église.

- Oui, ça ira, dit le superviseur, d'une voix assez convaincue à Erik. Cette réponse m'a donné un peu d'espoir que ce serait bien, quand il est devenu clair, bien qu'Erik avait un peu perdu son désir, il était positivement fixé à tout, même s'il y avait beaucoup de travail.

Le superviseur a commencé à dire que selon elle, seules deux lumières avaient été prises pour lui donner un aspect simple.

- Quoi? Dit Erik, surpris.

- Oui, dit le superviseur.

- C'était étrange, dit Erik, je suis ici depuis deux jours
sans obtenir de résultats (!! ??). Comment se peut-
il? Alors Erik.
-Oui, Erik, peut-être un trait féminin, dit le superviseur
qui avait maintenant commencé à rire ... Trait féminin,
-Oui, ou comment a dit Erik.
Cela s'est terminé par un rire tous les deux, et cela a en
fait apaisé l'ambiance entre Erik et le superviseur, qui
allait maintenant le soutenir, dans sa nouvelle vie. La
superviseure voulait probablement gagner la confiance
d'Erik, et même si cela a été difficile en ce moment, ce
n'était pas sur sa carte d'abandonner, elle était têtue et
voulait dire que ce serait bien pour Erik.
Le superviseur a de nouveau sorti des meubles qu'Erik
avait fait pendant deux jours sans aucun résultat.
Après tout, il a essayé d'aider son superviseur à exposer
les choses qui devaient être terminées. Il pouvait voir
comment sa première maison commençait à se dessiner,
et Erik comprit au moment où il y vivrait et y vivrait
maintenant.

Celui qui n'a pas eu sa propre résidence depuis si
longtemps, alors qu'il vivait dans le froid. Maintenant, sa
première maison a commencé après que le slammer
soit devenu un fait. Le superviseur a dit, après une heure
de placement du mobilier, qu'il avait l'air bien. Erik avait
du mal à comprendre cela, quand il passa plusieurs jours
sur cette misère et seulement après une heure, sa maison
était prête à vivre, et son superviseur l'avait réparée.

Il vivrait et agirait comme un Svensson régulier. Erik ne
comprenait pas´ comment cela fonctionnerait, ni comment
cela pourrait fonctionner. Il est venu du slammer il y a
quelques jours à peine, et maintenant il avait sa propre

maison et toutes les exigences et règles de la société à respecter. C'était un défi de taille pour Erik, qui n'avait aucune routine à ce sujet, comme c'est le cas maintenant. Les superviseurs d'Erik devraient-ils l'aider, entrer dans la société et aussi l'aider à éviter les erreurs les plus évidentes que l'on puisse commettre? Ou était-ce qu'elle prévoyait qu'Erik lui-même devait faire ses propres erreurs?!

Chapitre 7

Le superviseur entra dans la pièce quand Erik se leva se demanda comment tout allait se passer, et dit qu'elle avait commencé à accrocher des lumières et si Erik avait un marteau à disposition.
- Non, je ne l'ai pas fait, dit Erik.
Le superviseur est allé ous t à sa voiture et a commencé à la racine en
lu ggage pour un marteau. Elle est revenue avec un marteau et un bouchon, apparemment elle avait cela avec elle pour de telles affectations. Erik était impressionné qu'elle ait eu ces choses avec elle, peu de gens l'auraient eue, pensa Erik. Elle a commencé à installer des lumières immédiatement quand elle est entrée à nouveau dans la maison, et elle a été très efficace quand elle a commencé.

Parfois, le superviseur lui a demandé si une lampe convenait à l'endroit où elle le souhaitait et, généralement, elle l'installait selon ses propres goûts et goûts. Elle était bonne, pensa Erik, et lui dirait, mais ça ne lui semblait pas juste de le faire à ce moment-là, et puis le superviseur était un Svensson, et ils sont dans le monde d'Erik complètement peu fiables. Maintenant, elle avait vraiment montré à Erik un côté complètement différent, qu'il était possible de lui faire confiance, même si Erik était un peu sceptique, de mettre sa vie dans un monde de Svensson.

Erik essaya de se raisonner mentalement et ne faisait pas entièrement confiance à son superviseur, puis il était prêt à tout ce qui pouvait arriver. Il n'avait pas baissé son pantalon à une telle occasion.

Le superviseur est venu après un, certain temps à Erik et a dit que c'était à la fois agréable et confortable dans la maison. Erik s'est promené en regardant comment sa maison était devenue, et il était vraiment satisfait du talent des superviseurs.

 Maintenant, Erik avait sa propre maison, et c'était avec des sentiments mitigés, juste parce que c'était agréable, mais aussi une certaine pression qu'Erik portait.

Il ne pouvait pas contacter ses vieux amis, ni personne de son ancien gang, alors maintenant il devait trouver de nouveaux amis et un environnement complètement différent, et ce n'était pas une tâche facile, mais il était nécessaire de le faire s'il ne le voulait pas. s tep dans deux cultures différentes.

Le superviseur est venu après Erik et lui a demandé s'il était satisfait, ce qu'il était vraiment. Elle avait fait du très bon travail avec de petits moyens, même si les meubles étaient de couleurs différentes. Il était difficile de monter les meubles, et Erik avait essayé pendant deux jours sans

résultat. Le superviseur, comme je l'ai dit, n'avait besoin
que d'une heure, donc c'était clair.

Maintenant, Erik allait se détendre, pensa le superviseur,
et profiterait vraiment de sa nouvelle maison qu'il n'avait
pas eue depuis tant d'années dans le froid.
Erik pensa que cela sonnait comme une bonne idée,
et demanda au superviseur si elle voulait du café.
- Oui, ça sonne bien, Erik.
- Alors je le répare, dit Erik.
Erik a commencé à mettre du café et est apparu du café
pendant que le café coulait. C'était devenu embarrassant,
et Erik ne savait pas quoi dire, alors il s'assit sur la chaise
de la cuisine et s'assit tranquillement. Juste à ce moment,
une voiture arrive et s'arrête devant la maison d'Erik. C'est
le vendeur de maison qui est venu. Le superviseur n'a pas
vu qu'il venait, mais a entendu qu'une voiture était
arrivée. Erik, de son côté, a vu qui venait. Le superviseur
a vu que les yeux d'Erik étaient maintenant complètement
noirs et a demandé si c'était calme?
- Erik? Ce qui se produit? Dit le superviseur.

 Le superviseur a maintenant vu que c'était le vendeur de
maison qui venait, et il voulait probablement juste savoir
si Erik était venu à droite.
Il était sur le point de choisir le maudit pied noir, qui avait
probablement trompé sa mère, et mis Erik vraiment en
colère.
Le superviseur ne savait pas pourquoi Erik avait réagi
ainsi lorsque seul le vendeur de la maison est venu.
- Erik? Dit le superviseur. Why êtes - vous tellement
en colère?
Erik était complètement paralysé par le vendeur de la
maison, et avait maintenant pris le marteau alors que
le superviseur était dans la voiture et ramassait, et se

dirigeait vers la porte d'entrée où l'idiot affamé de
prophète était dehors.

Le superviseur s'est jeté autour du cou d'Erik, afin
de prendre le contrôle d'Erik, qui se tenait maintenant
avec le marteau en haut, et il voulait juste le mettre dans
la tête du vendeur de la maison, pour que le sang coule.

Erik était vraiment en colère contre la personne qui avait
probablement trompé sa mère, sans savoir qui vivrait là-
bas. Le vendeur de maison croyait probablement que la
mère était un type calme, quand elle travaillait comme
pasteur dans l'Église suédoise, et elle lui avait dit que son
fils y vivrait, pas qu'il avait démobé loin de la cheminée,
et c'était un gros manque pour le vendeur de
maison. Maintenant, le vendeur de maison était confronté
à une réponse inappropriée, si Erik le tenait, et devait
expliquer ce qui se passait.

Le superviseur voulait amener Erik à se concentrer sur
elle, et à avoir un contact visuel avec lui, mais c'était très
difficile, pensa le superviseur, qui faisait maintenant tout
pour garder Erik calme, et surtout contrôler son humeur.

Cela s'est avéré être un travail très difficile pour le
superviseur. Ici, apparemment, ce n'était pas une
affectation courante de superviseur, où il fallait orienter
son client vers une meilleure et éloignez HEN des crimes
et des choses similaires, pensa le superviseur.

Le superviseur avait une période vraiment difficile
maintenant, et le vendeur de maison ne savait pas à quoi
s'attendre de l'autre côté de la porte, s'il l'ouvrait.

Il vient d'entendre une putain de vie là-dedans, et
probablement il était si curieux, alors il á ouvert la porte
et a commencé à entrer dans la maison.

Le vendeur de maison vient de voir qu'il y avait un
marteau sur le chemin de lui dans les airs, et qu'il a heurté
la porte, du côté du vendeur de maison. Il avait tellement
peur qu'il a laissé la portière ouverte et a recommencé à

courir contre sa voiture, et il a probablement mélangé
son short de b oxer par peur, et vous pouviez entendre
comment ses pneus de voiture criaient alors qu'il sortait
de l'endroit.

Le superviseur d'Erik s'est vraiment fâché, - Maintenant tu
peux dire de quoi il s'agit?!

- Qu'est-ce que tu fais Erik, tu es complètement
fou? C'était juste le vendeur de maison qui est venu, et
vous vous êtes comporté ainsi Erik, qu'est-ce qui s'est
passé? Quoi!?

Maintenant tu t'expliques tout, Erik. Ici, je te pends autour
du cou comme une mauvaise écharpe, et tu vas tout droit
quand même, car je n'étais même pas là, et tu avais l'air
complètement fou à tes yeux. Pas étonnant que je réagisse
à votre comportement. Que s'est-il passé, dit le
superviseur?

- Ouais, je me suis énervé contre le vendeur de la maison,
et j'ai simplement eu l'air rouge quand je l'ai vu arriver.

- Comment ça peut être Erik? Avez-vous
vraiment tout dit? Est - il vraiment que vous avez été
honnête ly me, Erik?

- Oui, oui, je l' ai été, mais peut - être que je l' ai pas
dit tout à propos du vendeur de la maison, a dit Erik.

- Qu'est-ce que vous voulez dire?! Dit le superviseur.

- Alors, il y a une chose que je ne t'ai pas dit, et c'est parce
que tu pourrais parler à ma mère, et puis elle va
s'inquiéter pour son fils et puis ça court. Dans l'état actuel
des choses, je n'ai aucune preuve qu'il en soit ainsi, a
déclaré Erik.

- Qu'est-ce que c'est? Erik.

- Que le vendeur de maison a vendu une maison moisie à
ma mère.

- Comment est-ce possible, dit le superviseur.

- Oui, je n'en ai pas encore la preuve, mais j'ai vu qu'il y
avait des points noirs au plafond et autour des fenêtres du

rez-de-chaussée, et j'ai l'impression que quelque chose
était assis sur ma poitrine chaque matin quand je me suis
réveillé, Dit Erik à son superviseur.

- Que, dis-tu, Erik? Le moniteur a commencé à regarder le
plafond après les points noirs, et autour des fenêtres
du sous- sol où il y avait de nombreux points.

Erik apprend rapidement que le superviseur est sur
l'échelle de guerre et qu'il voulait y emmener un chien de
moule directement.

- Comment, peut-il vendre une maison, et savoir qu'elle
est malade. Le superviseur n'a pas juré directement parce
qu'elle travaillait comme diacre au sein de l'église.

Erik pensa en lui-même que cela en faisait désormais
partie et que sa mère y participerait.

Elle représentait la maison et elle était la propriétaire
légale.

- Merde aussi, dit Erik à voix haute. Comment vais-je
résoudre cette misère, qui espérait toujours que ce ne
seraient que des points noirs qui pourraient être emportés,
et ce n'était rien d' autre que de la moisissure. Ça avait été
bien, pensa Erik.

Maintenant, c'était probablement une pensée naïve d'Erik,
qui voulait juste espérer le mieux. Le superviseur n'a pas
du tout été aussi facile à convaincre de ces spots, qui sont
devenus une caractéristique importante de la nouvelle vie
d'Erik, qu'il avait maintenant devant lui.

Que dirait-il à sa mère, parce que c'était bien mieux si elle
l'entendait d'Erik elle-même, et non du superviseur.

Alors sa mère pouvait recevoir des signaux complètement
faux, donc ce n'était pas une bonne proposition, pensa
Erik, et commença à penser directement à une autre
solution au problème.

Le superviseur a dit que la moisissure expliquerait cette
odeur que vous ressentiez dans la maison, et s'est rendu
compte qu'Erik ne pouvait pas y rester, il a été confirmé
qu'il y avait de la moisissure dans la maison. Le
superviseur a compris pourquoi Erik était si en colère
contre le vendeur de maison qui avait vendu une telle
maison.

Vous -oui Erik, je comprends que vous avez en colère,
mais vous ne pouvez pas tellement en colère avec
les gens, ils être peur de vos actions. Tu devrais
comprendre ça, et même si tu as agi comme ça dans la
prison, tu ne peux pas le faire dans la communauté, tu
comprends Erik?

- Oui, je le fais, dit Erik à son superviseur, qui se rendit
compte maintenant qu'il y avait deux cultures qui se
mêleraient. Il sera difficile d'éviter les conflits, pensa le
superviseur, qui maintenant regardait dans le coin de l'œil,
qu'Erik regardait les taches qui étaient autour des
fenêtres. Il ne peut pas lâcher ça, pensa le superviseur.

Erik se demandait comment il résoudrait un
éventuel message négatif de la société fournie avec le
chien de moule, et comment il agirait alors. C'était juste
difficile d'y penser, tout ce qu'il pouvait faire était
d'attendre et vraiment espérer pouvoir rester dans la
maison, il avait été arrangé.

Le superviseur voulait qu'Erik pense positivement à ce
sujet, même si elle savait que cela pourrait être un résultat
dévastateur, si Erik devait déménager de chez lui, alors
elle savait qu'il devait penser positivement.

Elle ne voulait vraiment pas qu'Erik joue à nouveau à des
jeux, comme il l'avait reçu chez le vendeur de la maison,
et là Le vendeur de maison a dû courir vers sa voiture. Le
superviseur n'avait absolument aucun plan à ce sujet. Elle
pensait juste qu'elle garderait son client calme, et cela

parce que tout le monde pourrait agir dans l'affaire, si c'était de la moisissure qui était dans la maison. Cela est resté avec le superviseur, qui a choisi de ne pas dire ses pensées intérieures à Erik.

Maintenant, il n'attendait plus que la compagnie pour venir lundi. Le superviseur avait de bons contacts et avait déjà été en contact avec le directeur de l'entreprise. Ils avaient été camarades de classe et il enverrait déjà un consultant lundi.
Oui, c'était devenu très étrange, peut-être avec une maison moisie qu'il fallait au mieux remédier et au pire démolir. Le superviseur a dit qu'elle commencerait à penser au refrain et à rentrer chez elle. - Eh bien, maintenant la visite était terminée pour cette fois, dit Erik. Le superviseur était dans la maison depuis de nombreuses heures, et Erik était vraiment très content, même s'il voulait quand même tailler un peu son superviseur. Puis était Erik, il aime vraiment mettre les gens dans le swing tout le temps, et voir leurs réactions.
Le superviseur l'a bien pris et elle n'attendait rien d'autre d'Erik. C'était dans l'article d'Erik qu'il aimait s'amuser et qu'il tolérait même lui-même les blagues, donc ce n'était pas le superviseur qui s'inquiétait. Elle a dit au revoir, et sortit à sa voiture en voiture à la maison.

Chapitre 8

Ensuite, Erik était de nouveau seul dans la maison, et c'est maintenant que toutes les pensées et les émerveillements ont commencé à surgir, et Erik avait beaucoup de mal à penser aux choses juridiques, alors que la situation était telle qu'elle était.

Samedi commença à s'épuiser, et les pensées d'Erik en étaient un peu moins. Bien qu'il était un peu agacé au vendeur de la maison, la fatigue soit venu son secours, alors Erik alla se brosser les dents et se laver.

Erik s'est couché, il pensait que ça avait été une longue journée, et n'était pashabitué à tant d'activité, parce que sur le slammer vous ne faites pasgrand-chose des jours, alors il a pensé que c'était agréable de ramper dans le lit. Erik tho ught, maison de moule ou non, donc il est ma

maison de toute façon. Il espérait à nouveau qu'il n'y
aurait pas de faute grave dans la maison.

Il a eu beaucoup de pensées, mais s'est finalement
endormi et s'est réveillé pour un tout nouveau jour.

C'était dimanche aujourd'hui et il ne savait pas, comment
combler la journée qui venait de commencer. Les
dimanches sont trop lourds, même si vous venez
du slammer.

Erik a pu sortir quand il le voulait, même si le temps
passé sur le slammer avait tracé sa voie, et il ne pouvait
pas penser à sortir lui-même, ce n'était pas´ encore l'heure
de marcher! Alors pourquoi devrait-il sortir alors? C'était
une marche à 13 heures, alors pourquoi y penser
maintenant, alors qu'il était juste 8h30?

Erik était un dommage institutionnel, et il a d'abord
réalisé dans une petite pensée qu'il pouvait réellement
sortir quand il le savait. Ouais, pensa Erik, et avec un petit
rire il sut qu'il pouvait faire ce qu'il voulait quand il le
voulait, sans aucun garde. C'était un tout nouveau pensé
par Erik, qu'il pouvait contrôler sa propre vie, qui pendant
de nombreuses années avait été dirigée par le service
correctionnel. Alors, il n'est pas facile de penser
autrement.

Erik voulait vraiment contrôler sa propre vie, et surtout
contrôler quoi ou quand il ferait quelque
chose. Ses émerveillements prirent fin quand elle sonna à
sa porte d'entrée, et Erik réagit vigoureusement à
cela. Que quelqu'un soit chez lui était vraiment mauvais.

Il pensait à ce qu'il allait faire maintenant. Doit - il rester
dans la salle où il était, et Do not soins.

Il avait verrouillé la porte lorsque le superviseur était parti

pendant la journée, la personne ou les personnes ne sont
donc pas, entrées aussi facilement dans la maison. Erik
pensa donc que la façon dont il ferait serait fissuré.
Laisser la personne se tenir là et appeler n'était pas une
option. Erik a entendu que quelqu'un avait commencé à se
déplacer sur le nœud de pin. Il décida d'ouvrir la porte le
plus rapidement possible.

Dehors, une vieille tante d' environ 80 ans se tenait
debout, et Erik a vu que la tante n'était pas une menace
pour lui, bien que
Même s'il le savait, la tante n'a pas été libérée, elle a tout
obtenu pour rester sur le nœud de pin.
La tante, qui était vieille, et Erik ne pouvait s'empêcher
de demander si elle se figeait, il faisait très froid dehors.
- Oui, c'est ...
Putain, pensa Erik, maintenant je dois laisser entrer
la tante que je ne sais même pas, ou je ne connais même
pas son nom. Elle n'était pas une menace tout de suite,
mais peut-être était-elle une étape dans un plan pour
me détendre et lâcher le jardin?!
Oui, ou c'était juste une vieille tante qui voulait être
gentille avec une nouvelle personne qui venait
de déménager au village. Erik voulait savoir ce qu'elle
voulait et lui a demandé directement ce qu'elle voulait.

La vieille tante a commencé par dire
- Chers enfants, je viens vous accueillir dans notre société
et je représente l'église.
- Êtes-vous de l'église? Dit Erik.
- Oui, je suis chère enfant.
Erik crut immédiatement savoir qui l'avait
envoyée. C'était clairement sa mère, qui d'autre pouvait-il
être, pensa Erik, je ne connais personne dans cette société,
et ce n'était pas le superviseur.

Après quelques questions d'Erik, il s'est avéré que la personne venait du groupe de visiteurs de l'église.

Apparemment, la mère d'Erik pensait que son fils avait besoin d'une visite de ce groupe. Elle avait beaucoup à dire sur les choses lorsqu'elle était vicaire dans l'Église suédoise. C'était une bonne pensée de sa mère, même si la voiture était totalement grise.

Ma mère aurait pu envoyer quelqu'un avec une couleur sur ses cheveux, et pas si vieille,
quand j'étais pendant tant d'années sur la cheminée, pensa Erik.

La personne était presque morte quand elle est arrivée, Erik avait été plus agressif si elle avait eu un arrêt cardiaque.

La tante semblait être une personne gentille, mais Erik se leva pour ne pas pouvoir entrer. Il a fait n 't voulait pas inconnu pour entrer dans sa maison. C'était un petit problème car la personne venait du groupe de visiteurs, et le n vous ne voulez pas rester dans le hall.

Erik était déterminé sur ce point, et la petite tante ne pouvait pas passer directement Erik qui était assez grand. Il a répondu aux questions de la tante et a essayé d'être aussi gentil que possible avec elle, et bien qu'elle fût une Svensson, Erik pensait que ce ne serait pas désagréable.

Elle a vraiment essayé de participer à la visite, même si la réception était comme elle était. Erik voulait la laisser entrer, mais pasparce qu'il n'était pas encore si sociable.

Erik et la visite de la tante commençaient à manquer de temps et la tante partirait. Ils se sont dit au revoir et la tante a commencé à sortir sur le perron.

Erik fit signe à la tante qui avait commencé à marcher.

Il ferma la porte d'entrée et rentra dans sa maison et se contenta de se détendre. Phew! Erik a-t-il pensé, pas un bourdonnement de cow-knuckle, qui a vraiment pris de l'énergie. Entendre toutes ces conneries était cruel.

Maintenant, Erik avait sa propre maison et c'était juste agréable, même si sa maison était peut-être malade de moisissure.
Il était maintenant environ 14 heures et Erik a entendu dire qu'une voiture s'arrêtait devant la maison d' Eri k. Qui diable cela pouvait-il être, pensa Erik?

Erik se leva du canapé pour aller à la cuisine et voir qui venait lui rendre visite. C'était la mère d'Erik. Elle n'avait pas dit qu'elle viendrait. Elle avait même laissé son clergé, qu'elle avait l'habitude de porter après le service.
Eh bien, pensa Erik, ce n'était pas si bon.
Erik regarda la démarche de sa mère, qu'elle était ennuyée ou en colère pour quelque chose, et c'était probablement que l'irritation était sur Erik, puisqu'elle n'avait pas annoncé qu'elle viendrait.
Ce n'est pas souvent sa mère qui montre qu'elle est en colère ou agacée, s'il n'y a rien de mal. Maintenant, il y avait apparemment quelque chose qui l'avait taquinée, et la question était juste quoi!?
Erik est allé à la porte pour la rencontrer. Il a dit
- Salut maman!
La mère n'était pas contente immédiatement. Erik a choisi d'être comme d'habitude, même si c'était comme sa mère percé dans ses yeux Erik.
- Comment c'est? Dit Erik.
- Erik! Dit maman
- Ouais.
- Qu'as-tu fait à mon fils!
- Je n'ai rien fait, maman!

- Pas toi!?
- Non je n'ai pas!
- Le marchand vous dit quelque chose ...
- Oui, oui, dit Erik
- Il voulait faire un rapport de police sur toi Erik, pour des tentatives d'agression, comment est-ce possible?
- Oh, eh bien, c'est juste calme, maman!
- Non, Erik, ce n'est pas du tout calme!

Maintenant, la mère a commencé à se mettre vraiment en colère, remarqua Erik, en essayant de la calmer et en raisonnant à ce sujet, mais elle ne le voulait manifestement pas, elle était déterminée et avait promis au vendeur de la maison de résoudre ce problème, mais aucun rapport de police. a été faite contre son fils.
- Mère, vous kn rien OW qui lui est arrivé,
mes s upervisor même ont été ici. Ensuite, vous comprenez qu'il ne va pas ne sauvage.
- Sauvage! Dit maman.
D'après le superviseur, elle s'était accrochée autour de votre cou, et un marteau était apparemment tombé sur le vendeur de la maison, est-ce mon fils?

Chapitre 9

Maman savait que Erik avait seulement la liberté conditionnelle, et un tel incident pourrait obtenir Erik revenir à e Slammer à nouveau.
La mère voulait «Forger pendant que le fer était chaud» et demander à son fils de s'excuser auprès du vendeur de la maison.
Elle ne savait tout simplement pas´ comment amener son fils à s'excuser auprès de lui. Erik semblait vraiment détester ce vendeur de maison, et sa mère ne pouvait pas comprendre cela.

Elle était une personne profondément chrétienne, et c'était une partie naturelle de la vie d'aider et d'être gentille avec les autres. Pas comme son fils, soyez sur l'échelle de la guerre et méfiez-vous de tout le monde. Erik a eu beaucoup de mal à compter sur les autres dans la vie.

La mère d'Erik ne connaissait pas les taches dans le plafond et autour des fenêtres qui rendaient Erik tellement en colère. Pour elle, les actions d'Erik étaient totalement incompréhensibles. Erik ne savait pas´ comment expliquer cela, bien qu'une explication ait été la meilleure pour le moment. Maintenant, il était endommagé par l' institution et ne pouvait pas ou ne voulait pas parler à sa mère. Parler signifie "Golning", et c'était comme un verrou chez Erik. Il ne pouvait ni produire une consonne, ni une touche vocale à ce sujet.

Erik a essayé de lui expliquer qu'il y avait probablement de la moisissure dans la maison qu'elle avait achetée, et il s'est mis tellement en colère quand il a vu le vendeur de maison qu'il a choisi de lui lancer le marteau. Mais Erik ne pouvait pas parler à sa mère. C'était comme s'il avait du ruban argenté sur la bouche.
Elle se demandait clairement pourquoi son fils avait agi ainsi. Peut-être facile à dire comment expliquer, mais avec une serrure comme Erik, cela devenait difficile à comprendre pour maman.

Erik réfléchit à la façon dont il lui dirait, qui était maintenant dans l'incertitude totale, et ce n'était pas ce qu'Erik voulait que ce soit.
Il pensait qu'il devait faire confiance à sa propre mère ...
Comment diable en serait-il autrement, elle á tout fait pour moi et un peu plus. Pour vous remercier, j'évite de lui dire, comment dois-je faire, pensa Erik!? Elle vaut

vraiment la peine d'être connue, même si c'est mal de le
dire, pensa Erik. Il décida de le dire à sa mère et y prit
courage. J'avais l'impression de plier le coude dans la
mauvaise direction. Ça va! Mais ça fait très mal. C'était
comme ça quand Erik l'a dit à sa mère. De toute évidence,
cela devenait difficile, car Erik y voyait une vague
que vous ne devriez certainement pas´ faire.
C'était difficile quand Erik le pensait ...

La mère se tenait devant lui, et il sentit sa lèvre inférieure
sauter de haut en bas comme un mauvais ECG.
Sa mère se demandait si Erik voulait dire quelque chose,
parce que ça en avait l'air?
- Ouais, je le ferai, maman.
- Erik, qu'est-ce qu'il y á alors?
- Mère, il vaut mieux parler de cette misère directement
sans couple.
- Qu'est-ce que mon fils?
- Eh bien, ce maudit vendeur de maison vous a
probablement vendu une mauvaise maison, et cela m'a
mis tellement en colère et énervé quand je l'ai vu venir ici.
- Qu'est-ce que tu dis Erik?- On ne peut pas le blâmer
sans preuve, et on ne le fait pas, mon fils. Tu comprends
comment c'était devenu alors, on ne peut pas´ faire ça,
Erik!
- Mère, regarde dans le plafond de ma chambre et autour
des fenêtres à l'intérieur. Regardez sous le verre, après les
points noirs aussi, dit Erik.
Mère est allée dans la chambre et a regardé autour d'elle,
si elle voyait des points dans le plafond et autour des
fenêtres.
Quand elle est sortie de là, elle n'avait pas l'air heureuse
du tout, elle a pris son téléphone et á appelé le vendeur de
la maison.

Maintenant, la mère d'Erik avait un ton légèrement plus net que d'habitude quand elle parle au téléphone.

La mère d'Erik était presque sourde à l'oreille gauche, et elle n'y a jamais mis le téléphone, elle était tellement bouleversée qu'elle a mis, pour commencer, un téléphone à son oreille gauche.

Quand le vendeur de maison a répondu, elle a dû changer d'oreille, quand elle n'a rien entendu, sa mère a commencé à dire au vendeur de maison qu'il y avait beaucoup de points noirs dans le plafond et les fenêtres. Maintenant, la mère d'Erik voulait une inspection de la propriété afin de voir si la maison était fraîche.

Le vendeur de maison á appelé le contrat d'achat a montré que l'acheteur avait acheté la maison dans son état actuel, de sorte que le vendeur de maison ne voulait pas sentir les points noirs.

La mère a dit qu'ils partageraient le coût d'une éventuelle remise en état de la propriété. Le vendeur de maison ne voulait pas savoir à ce sujet et a choisi de mettre le combiné dans l'oreille de la mère d'Erik.

- C'était le plus dur, comment a-t-il pu faire ça?

Moi qui avais pensé que vous, Erik, deviez vous excuser auprès de cet homme, je ne vous demanderai plus de le faire plus longtemps.

- Quoi? dit Erik d'un air interrogateur.

- Pourquoi devrais-je m'excuser auprès de cet imbécile? Se demanda Erik.

Il a commencé à s'énerver contre sa propre mère, qui n'a apparemment pas accepté que le vendeur de maison était un idiot, et qui était aussi sage qu'un bâton de poisson congelé ...

- Non! dit la mère d'Erik.

Maintenant, je dois agir dans ce sens, comment peut-il
faire comme ça, le vendeur de maison? Il ne l'était pas du
tout quand la maison était à vendre, alors il était vraiment
gentil et serviable.
- Mère! Dit Erik.
Il était clair qu'il était, il allait vendre sa maison, et
maintenant vous appelez, et il veut payer toute réparation
qui n'était pas dans son plan. De toute évidence, il se tient
à l'envers, il pensait que ce serait une vente facile et
maintenant vous faites des demandes.

Ma mère pouvait seulement voir qu'il y avait un problème
la propriété, et a regretté cela à son fils, qui s'est rendu
compte que cela ne faisait que commencer, et maintenant
il était vraiment difficile de penser de bonnes pensées au
vendeur de la maison. La mère d'Erik semblait triste, et
même si elle ne voulait pas le montrer à son fils, Erik
l'avait vu, il la connaissait parfaitement. Maman rentrait
chez elle, quand elle était un peu fatiguée après le service,
elle avait eu quelques heures plus tôt.
Se rendre compte que la maison était peut-être malade ne
la rendit pas plus alerte. Elle s'assit dans sa voiture, ôta sa
marguerite et déboutonna sa chemise pour mieux respirer.
Maintenant, Erik était vraiment énervé contre le vendeur
de maison qui avait rendu sa mère triste, et Erik avait
planifié un plan cruel, pour choisir cet idiot, qui saurait ce
qu'était la douleur.
Erik connaissait son superviseur, et sa mère était un gros
problème, et devait planifier cela en grand secret sans que
personne ne le sache.

Mère était toujours dans sa voiture sans démarrer le
moteur, et c'était inquiétant pour Erik de le voir.
Quand elle est assise dans sa voiture, passe la même
femme qui y était allée avec sa fille et son chien

le lendemain de la démobilisation d' Erik. Elle a regardé avec un, regard étrange, pensa Erik, qui ne pouvait pas dire ce que ses yeux disaient.

La femme s'approcha de la mère d'Erik et lui parla quelques minutes, Erik ne savait pas quoi. Puis la femme repartit et termina sa conversation en regardant la maison d'Erik.

Hm! Pensa Erik ...

C'est une femme en mousse qui l'a fait, pensa Erik, qui en même temps vit comment la mère était partie avec sa voiture, et ce fut un soulagement pour Erik de voir. C'est toujours difficile de la voir se sentir mal, pensa Erik.

Maintenant, la mère et la femme louche étaient parties, et il essayait à nouveau de se concentrer sur quelque chose qui n'avait pas à voir avec la maison. Erik pensa qu'il était assez difficile de dissiper ses pensées sur la maison. Maintenant, il n'y avait plus grand chose à penser, alors Erik a essayé de dormir comme il l'avait fait sur le slammer, alors ce ne serait que la moitié du penalty pours servir.

Maintenant, Erik ne souffrirait que ce dimanche, puis une nouvelle semaine recommençait, et la semaine suivante était assez incertaine, avec un consultant qui amènerait un chien moisi à la maison. Il ne pouvait pas dormir, car ses pensées étaient devenues trop difficiles à penser.

Erik avait tr ouble de penser à autre chose qu'à la maison, il devenait inévitable de ne pas le faire. Il á tout faitpour penser à autre chose.

Erik a commencé à réparer un peu avec la télévision qui n'avait que des terres. Maintenant, il s'est avéré qu'il manquait une antenne sur le toit. Ce ne fut pas quelque

chose qui a choqué directement Erik qui avait trouvé à ce
que le vendeur de la maison a été « stupide plate dans la
tête » qui avait trompé sa mère pour acheter ce manille
dans son état actuel.

Maintenant, Erik était seulement capable de le noter, et de
poursuivre son plan, de choisir l'idiot en paix et en
silence. Pour qu'Erik raconte des choses à ce vendeur de
maison qu'il n'avait jamais entendu auparavant, et il
comprenait qu'il y avait un risque qu'il retourne en prison,
mais c'était quelque chose qu'il devait prendre dans ce
cas. Il n'y avait personne qui aurait blessé la mère d'Erik,
alors ils avaient de la merde dans le cabinet bleu ...

Chapitre 10

Erik a choisi de quitter la maison et de voir s'il y avait une
antenne qui se trouvait sur la cheminée ou sur le pignon à
l'endroit où elle devrait être placée, mais Erik pouvait
facilement affirmer qu'il n'y avait pas d'antenne là-bas.
Erik remonta le vent pours voir s'il y avait une antenne là,
mais elle était lâche avec son absence.

Erik sentit comment son ancienne humeur le lui rappelait,
et il pensa à tout ce qu'il ferait avec ce putain
d'idiot. Comment il pouvait penser à des pensées positives
sur le vendeur de maison était après tout un mystère pour
lui, et ne voyait vraiment aucune solution au problème qui
était apparemment devenu une épreuve puissante.

Normalement, un acheteur de maison ordinaire s'était mis en colère si une antenne était prise sur la propriété qu'il avait achetée.

Erik a choisi de rester c alm et de voir ce qui ne va pas avec la propriété. Tout cela afin de pouvoir repousser la dette que le vendeur de maison avait désormais envers Erik. Ce serait une pratique agressive de violence qui ferait pleurer les anges de Dieu. Une telle personne ne devrait pas se déchaîner, pensa Erik.

Maintenant, Erik avait deux choses à résoudre, c'était le superviseur et sa mère, qui avaient probablement été trompés sur la propriété.

Erik a reconnu ces sentiments qui étaient maintenant dans son corps, et qui créaient un grand danger pour le propriétaire, qui est probablement entré dans l'incertitude, sur ce qu'Erik avait prévu.

La mère á appelé dès son retour à la maison, et a dit qu'elle était à la maison, et Erik a profité de l'occasion pour demander ce que la femme qui est allée à sa voiture voulait.

 - Erik, elle vient de le saluer, et se demande si je ne pourrais pas démarrer la voiture, il n'y a pas grand-chose d'autre dont nous avons échangé. Erik pensa que c'était vrai avec une modification, et comme la mère s'était adaptée pour poursuivre la conversation.

Sa propre mère modifiait-elle la vérité pour qu'il puisse rester sur le tapis? Ah, ce n'est pas comme ça qu'elle va, pensa Erik.

L' autre d' Erik pensait qu'il était de mauvaise humeur, et elle ne voulait pas aggraver les choses, en disant ce que la femme avait dit, c'était devenu une autre chose de régler si Erik était dans cette humeur.

Sa mère allait reprendre le sujet demain, lorsque le consultant et l'inspecteur sont venus, et que sa mère était en place.

Ils ont mis fin à la conversation et Erik a eu ses théories sur la conversation entre la femme et la mère. Difficile de dire ce qu'ils ont dit, quand je n'étais pas là, pensa Erik.

Mieux vaut publier ce sujet, sinon je serai complètement concentré sur comment c'était, pensa Erik.

Non, il voulait juste regarder sa télé sans antenne et avec une mauvaise image. Il y avait une télé dans la maison qui restait, et c'était bien quand Erik recommencerait dans la vie. Il a compris pourquoi cette télévision restait.

Il s'agissait d'un câble en cuivre, qui serait une antenne avec la même fonction, et bien qu'il s'agisse d'une double image, Erik ne voulait pas commencer à la regarder. Il y avait une bonne image sur le canal 4, et c'était assez bien quand Erik est venu du slammer, car là, vous n'êtes pas directement gâté d'obtenir tout ce que vous voulez.

Maintenant, la situation était qu'Erik devait regarder cette mauvaise image s'il le voulait, car il n'y avait pas beaucoup de choix car il n'y avait pas d'antenne. Le vendeur de maison était si décontracté avec sa mère, alors Erik se tournait lui en monocles s'il a un moment avec lui-même.

Le vendeur de maison ne voulait probablement pas revoir Erik, car il s'est apparemment tenu à l'écart de la maison. Ce qui a rendu les choses un peu plus difficiles pour Erik.

Erik s'assit sur le canapé pours regarder à nouveau la télévision, et l'image était aussi mauvaise qu'avant.

Il sentait qu'il s'endormait, et ne voulait pas dormir sur le canapé, là il avait de mauvais souvenirs, avec la douleur qui lui rappelait quand il pensait juste y dormir.

Non, pensa Erik, je dois entrer, me préparer pour la nuit et espérer pouvoir dormir, car demain ils viendront vérifier la maison, et ensuite je veux être alerte.

Il alla se coucher dans son grand lit sans les pignons, qu'Erik n'avait pas encore mis, de pur rire.

Il s'est couché sur le dos, ce qu'il n'aurait pas´ fait, car il a ensuite vu les points au plafond. Au lieu de cela, il s'assit sur le côté pour éviter de les voir. Mais maintenant, il vit la fenêtre pleine de points noirs. Cela ressemble à une sacrée malédiction, pensa Erik.

Peu importe comment je mens, je vois les points noirs maudits, que je ne veux absolument pas voir.

Doit avoir eu cette punition pour mes péchés, autre chose qu'Erik ne pouvait pas penser, et pensait que tout était assez dur.

La nuit était longue, avec beaucoup de réflexions sur ce l'inspecteur trouverait, ou quel statut la maison obtiendrait de lui. Erik n'a pas dormi de nombreuses heures cette nuit-là, et bientôt c'était le matin, et le lundi matin était un fait.

Cette journée mettrait probablement des traces dans la vie d'Erik d'une manière différente. Erik est déjà monté à. 08,00 AM parce qu'il ne pouvait plus dormir.

Il a commencé à le faire, et a mis le café du matin qui était important pour lui-même, surtout aujourd'hui. Il attendait que sa mère et son superviseur viennent à la maison, pour participer à l'inspection proprement dite, qui aurait lieu à. 10.00 AM aujourd'hui.

Erik Dran k son café, mais n'a pas faim du tout, ce qui était étrange. Il voulait toujours manger au slammer, mais pas maintenant, et probablement Erik était tellement excité par la façon dont cela se passerait, donc il n'avait

pas faim. Il était de mauvaise humeur et ça ne s'améliorait
pas maintenant que sa glycémie était basse.

C'était comme si Erik avait déjà sorti les résultats à
l'avance, même s'il savait que vous ne devriez
pas. Maintenant, il l'avait apparemment fait, et cela a créé
une grande haine contre le vendeur de maison, peut-être
complètement inutilement.

Son m o ther et le superviseur étaient au type de maison
09.10 AM, et avait coordonné à la résidence d'Erik. Ils
travaillaient tous les deux dans l'Église suédoise, donc
c'était bien qu'ils puissent aller ensemble. Maintenant,
Erik a vu sa mère et le superviseur qui avaient commencé
à marcher vers la maison. Il a estimé que c'était sur la
route avec l'inspection et qu'il ferait probablement face à
un procès dans cette affaire.
Sa mère avait l'air excitée, et même son superviseur,
même si elle essayait d'être cool, comme elle le voulait
habituellement être.
C'est assez étonnant de voir comment cette situation
affecte une personne, pensa Erik. Il était auto-influencé,
même s'il ne s'en rendait pas compte, il était tellement à
l'écoute du consultant qui allait y arriver, il était donc
difficile de rendre Erik réceptif, pour autre chose, même
s'il devait dissiper ses pensées sur autre chose, comme
c'était le cas maintenant.
La mère d'Erik est d'abord entrée dans la maison, puis son
superviseur. On aurait dit qu'ils avaient parlé ensemble,
parce qu'ils avaient dit presque les mêmes mots, ce
qu'Erik trouvait étrange, mais avait choisi de ne rien dire à
ce sujet.
Ils ont parlé un peu avec Erik, de sa maison, et comment
ça s'est passé, pure courtoisie, pensa Erik.

La mère et le superviseur ont marché autour de la maison et ont regardé, et Erik s'est rendu compte qu'ils cherchaient de nouvelles lacunes, ou bien qui pourraient être corrigées par le vendeur de la maison, lorsque la mère lui a parlé.

Le temps passa et bientôt le célèbre géomètre sortit de la maison avec son chien.

Erik sentit l'adrénaline monter dans son corps. L'inspecteur devrait-il juger la propriété, ou il dirait que les points n'étaient que superficiels.

Oui, Erik avait déjà répondu à toutes les questions avant que l'inspecteur n'entre dans la maison.

Sa mère le rencontra à la porte qui ferait l'inspection de la maison.

Il est entré et nous á accueillis tous ceux qui étaient là-bas, et a dit qu'il pensait que c'était une belle maison.

-Oui, dit sa mère. C'est une belle maison mais nous ferons un inspectin même si cela doit être fait avant d'acheter la maison.

C'était un peu raté, mais nous espérons qu'il n'y a pas trop de lacunes dans la maison.

L'inspecteur lui a dit qu'il ne pouvait rechercher que l'humidité et la moisissure et qu'il avait un collègue nommé Jack, qui est un labrador. C'est un chien avec un très bon odorat, et qui trouve rapidement l'humidité et la moisissure, s'il se trouve dans la propriété.

- Tellement bon, la mère et Erik pensèrent le superviseur.

- Je vous demande de quitter la propriété, dit l'arpenteur, quand Jack est très sensible aux odeurs. Les parfums ou autres parfums peuvent interférer avec J ack dans sa recherche d'humidité ou de moisissure dans la maison, a déclaré l'inspecteur. Tout le monde est sorti de la maison, même l'inspecteur qui allait chercher le chien Jack, qui

était assis là en combinaison dans une cage et attendait d'être récupéré. L'inspecteur á ouvert la cage, pour Jack, pour qu'il puisse sauter, il a agité sa queue et avait l'air très heureux de sortir de là, car il était assis là à plusieurs kilomètres pendant le trajet jusqu'à la
propriété. L'inspecteur est entré dans la maison avec Jack, qui
á immédiatement commencé son travail, à la recherche d'humidité et de moisissure qui était son travail.
Malheureusement, le chien Jack a immédiatement indiqué qu'il y avait de la moisissure dans la chambre d'Erik.

Le sous- sol était apparemment complètement délabré, a déclaré l'arpenteur. Le chien Jack n'a pas marché plusieurs mètres avant d'indiquer qu'il y avait de la moisissure supplémentaire au même endroit.
Erik ne savait pas cela, c'est le géomètre qui l'a dit à la mère d'Erik. Lorsque l'inspecteur a fini de se promener avec Jack dans les différentes pièces, il nous a tous appelés dans la cuisine et nous a dit qu'il avait quelque chose à dire, était important. Nous sommes entrés dans la maison et nous nous sommes assis autour de la table, tous les quatre. Erik était vraiment excité par ce qu'il avait dire. Doit-il juger la maison ou espérer qu'Erik pourra y vivre? L'arpenteur voulait nous informer de ce qui se passait dans cette maison, et maintenant le pouls d'Erik frappait très fort.

Dites-vous simplement ce qui suit!

La moisissure noire se produit principalement à proximité des zones humides des maisons et des appartements. Les endroits communs peuvent être au niveau du drain et près de la douche, des toilettes ou de l'évier de cuisine. Cela peut également se produire sur le papier peint et sur les

murs si l'humidité est très élevée ou s'il y a des dégâts
d'eau dans la maison ou l'appartement.

La moisissure noire ressemble à son nom. Il s'agit d'un
revêtement noir sur la zone endommagée qui pousse de
manière circulaire et ressemble à des points
noirs. C'est pourquoi il est courant que les moisissures
noires soient également appelées points noirs.
Il est important de souligner que la moisissure noire n'en
est pas unem jeunes, d'une manière d' être plusieurs
moules qui ont été cuites sous un même concept. Les
variétés communes nommées sous le nom de moisissure
noire sont Cladosporium, Aspergillus, Alternaria,
Stachybotrys, penicillum, Fysarium.

Si vous voulez être en mesure de déterminer exactement
de quel type de matière il s'agit, vous devez contacter une
personne qualifiée dans le domaine de la décontamination
des moisissures et des moisissures, afin d'enquêter de quel
type de matière il s'agit.
Quelle que soit sa nature, le problème est que ce type de
moisissure produit de grandes quantités de toxines, qui
sont dangereuses pour nous les humains. La moisissure
noire peut causer une variété de symptômes chez les
humains, dont certains peuvent être gérables et d'autres
plus difficiles à vivre. Dans les deux cas, on veut toujours
résoudre et nettoyer les problèmes de moisissure noire,
avant que d'autres problèmes ne surviennent. Les
symptômes bénins peuvent être un nez qui coule, des
yeux qui piquent ou une toux excessive. Les pires
symptômes peuvent être des problèmes respiratoires
chroniques, une très grande fatigue et peuvent développer
des problèmes d'asthme. Si vous avez
déjà un sthme, cela peut causer des moisissures noires et
encore plus de maladies pour cette personne. Il est très

important de résoudre les problèmes le plus rapidement possible.

Vous pouvez nettoyer et éliminer vous-même la moisissure noire, et il existe une variété de liquides d'assainissement sur le marché qui sont juste pour cela. Cependant, ce qu'il peut être important de savoir, c'est que ces fluides ne neutraliseront pas les toxines provenant des spores de la moisissure dans l'air, et ensuite ils pourront bientôt revenir sur la grille avec leurs problèmes de moisissure. C'est pourquoi vous devez également nettoyer l'air avec un filtre à air et, comme toujours, remédier à la cause des problèmes de moisissure.

- Je vais maintenant prendre quelques échantillons de ce moule, dit l'arpenteur, pour que vous sachiez vraiment de quel genre de chose il s'agit.

La mère d'Erik pensait que l'arpenteur avait donné des information bonnes et constructives sur la situation dans la maison.

Le superviseur était un peu inquiet qu'Erik n'ait pas dit un mot sur les, information que l'inspecteur leur avait données, ce qui signifierait en principe qu'Erik devait quitter la maison pendant la décontamination proprement dite. Mère a également regardé la réaction d'Erik, sans qu'Erik ne le voie. Elle voulait également savoir si son fils était en colère ou irrité par la situation qui se présentait.

L'inspecteur était prêt et voulait commencer son voyage de retour, il ne voulait pas´ que le chien Jack reste assis trop longtemps dans la voiture lui-même.

Il a dit -Hé à nous tous, et a commencé à aller vers la porte d'entrée pour retourner à l'entreprise d'où il venait. Il a sauté dans sa voiture et a démarré le moteur et a commencé à

allez, la mère d'Erik a fait signe quand il est
allé. Maintenant, la mère et le superviseur voulaient
savoir comment Erik avait pris les information que
l'enquêteur avait fournies lorsqu'il était ici. Serait-il
énervé, en colère ou contrarié?

Ils voulaient vraiment savoir comment Erik le prenait,
mais il ne voulait certainement rien dire. Le superviseur
avait une longue et bonne expérience de ces
vieux prisonniers qui ne voulaient rien
dire. Un prisonnier de la vieille école savait
que vous tiendriez le silence sur ce qui se passerait ou
comment la situation serait résolue.

Le superviseur sait qu'obtenir des information d'Erik était
aussi simple que de gagner à la loterie de bingo, mais
acheter le lot, donc c'était un grand défi, pensa le
superviseur pour lui-même.

La mère d'Erik voulait juste parler de tout à son fils et
peut-être qu'Erik voulait résoudre cela de manière
diplomatique, au lieu de le résoudre avec violence.
Oui, la pensée était bonne.

Erik avait d'autres plans pour résoudre le tout, et avait
déjà commencé à planifier ses représailles contre le
vendeur de maison, qui avait apparemment vendu une
maison malade à sa mère, qui croyait que ce vendeur était
bon.

Le superviseur comprit qu'Erik avait des plans, mais ne
put le prouver. Elle se demandait si Erik le ferait pour le
vendeur de maison, ou s'il avait des plans complètement
différents, comme elle le pensait, était d'écraser
totalement ce vendeur de maison.

Le superviseur savait qu'Erik était la dernière personne à
avoir. Il ne s'est pas vengé comme les autres, il les a
complètement supprimés, et les a vraiment assassinés

numériquement quand il était d' humeur, et la question
était de savoir s'il avait cette humeur maintenant, est-ce
que le superviseur pensait?
Dans les listes du service correctionnel, Erik s'appelle
"FANTÔME" et il l'a fait parce qu'il a frappé à, la défense
et ne voit plus à ...
Le superviseur était donc très inquiet.

Mère a voulu parler à son fils, l'a emmené dans une autre
pièce, et a commencé à dire que la femme qui lui avait
parlé il y a un jour s'appelle Mme Watson et semblait être
une personne très gentille. Elle a dit que le vendeur de
maison n'était pas une bonne personne et qu'il avait
trompé une grande partie de la société au cours des 5
dernières années.
- Oui, mais maman! Dit Erik.
- Tu asdit qu'elle n'a rien dit quand je t'ai demandé ce
jour-là.
- Oui, je connais mon fils!
Je voulais juste être ici quand je te l'ai dit. Je sais
comment vous pouvez réagir à certaines choses.
- Mais maman.
- Erik, écoute ta mère maintenant!
- Bon sang, abandonne maintenant!
- Erik, arrête de jurer, tu peux dire mieux maigre que ça,
et tu sais que je suis Chrétien mon fils.
- Ouais, eh bien, c'est calme!
- Tu devrais voir Erik, ça ira après le nettoyage de la
maison, et tu peux rester à la maison avec ta vieille mère
comme tu l'as fait avant.
- Mère, je viens de sortir du slammer
Et rester à nouveau avec sa mère n'est pas amusant tout de
suite.
- Non, peut-être pas drôle, mais tu as une maison depuis si
longtemps et tu n'as pas à être sans toit au-dessus de la

tête. C'est une maison, mon fils, et je sais que tu vas bien en attendant. Erik pensa que seule la pensée était difficile. Comment ferait-il cela?

Erik pensait qu'il aurait mieux valu que le vendeur de maison souffre à la place, que de devoir à nouveau déménager chez sa mère à cause de cela. Erik était tout à fait convaincu que c'était un test de son égal.

Il réfléchissait à la manière dont il pourrait agir lorsqu'il reviendrait à la maison avec sa mère. Elle gardera mes braises sur moi donc il sera difficile de se venger du vendeur de maison, pensa Erik.

Se venger de lui, cela demande une grande planification si je veux réussir, pensa Erik.

Zut! Pensa Erik, ce sera très difficile. Que dois-je dire à ma mère si je sors un soir? Elle n'achètera pas mon étui. Maman voudra tout de suite m'y conduire avec sa voiture, puisque je n'ai pas de permis de conduire, pensa Erik. Comment dois-je faire ça?

 Erik savait qu'il avait besoin d'une voiture s'il voulait parler au vendeur de la maison. C'était à quelques kilomètres d'aller à l'idiot.

Il conduisait illégalement à ce moment-là, et avec les sketches qu'Erik avait fait plus tôt dans la vie, ce n'était pas un problème de conduire une voiture. Erik avait déjà quitté les flics autrefois.

Chapitre 11

Maintenant, c'était une nouvelle époque, et Erik était censé être une bonne personne, qui payait ses impôts sur le revenu.

Oui, maintenant l'inspecteur venait de partir et Erik restait chez lui.

Il avait à peu près le temps de réfléchir à la façon dont il allait gérer sa vengeance, et il savait que sa mère voulait qu'il la prenne d'une manière diplomatique, sans que personne ne soit blessé. Erik n'avait absolument aucun mal à endommager le vendeur de maison, plutôt un peu amusant de voir l'idiot transpirer un peu sur la situation qui s'est présentée.

Mais pourtant, ce n'était pas le mode de faire quoi que ce soit parce que le superviseur et la mère étaient sur leurs gardes, pour garder Erik en place sans qu'il y ait beaucoup d'incidents à ce sujet.

Sa mère, après tout, était une femme de paix et pensait qu'il y avait quelque chose de bon pour tous les habitants de cette terre.

Erik était assez difficile à convaincre quand il s'agissait de bonté humaine, et il était plus zélé sur ce sujet, même si sa mère disait que chaque personne avait un bon trait. Ces mots ont rendu difficile pour Erik d'accepter de manière naturelle, il se méfiait de toutes les personnes dès le début d'une relation.

Erik et le superviseur avaient beaucoup parlé de cela, lorsque le superviseur á essayé d'amener Erik à des pensées plus normales que les gens ordinaires, mais aussi à ce sujet, il était assez indifférent et ne voulait pas éclairer les sentiments les plus profonds qui être la totalité de sa journée et de sa vie.

Le superviseur s'est rendu compte qu'Erik avait beaucoup de mal à parler des émotions en général, et qu'il était difficile pour le superviseur de saisir Erik et ses sentiments. Il ne voulait laisser personne entrer dans cet endroit, apparemment un lieu saint pour lui, et où il voyait comme une faiblesse de laisser entrer qui que ce soit.

Amener Erik à montrer ses émotions était un travail à plein temps pour le superviseur, qui avait probablement une mission impossible, où cela devient assez difficile à résoudre, mais pas entièrement impossible.

Le superviseur voulait trouver une faiblesse chez Erik, afin de pouvoir se rapprocher d'une manière, même si cela semblait difficile, pensa le superviseur.

Comme c'était le cas en ce moment, Erik n'avait pas autant de choix, et peut-être qu'il avait de la chance, car sinon la situation serait devenue autre chose. Il ne voulait pas du tout quitter sa maison pour la nettoyer après toutes les règles de l'art, il voulait juste commencer sa nouvelle vie de Svensson avec tout ce que cela signifiait, absolument rien d'autre.

Le vendeur de maison avait rendu cela difficile, et Erik a dû y aller doucement et essayer de trouver un plan qui irait jusqu'au bout.

On avait l' impression d'Erik que tous les gens étaient debout sur le côté du vendeur de la maison, et la mère ne voulait pas quelque chose de négatif arrive d à lui, ou qu'il était blessé, et même si sa pensée superviseur.

Même si ce vendeur maison á apparemment vendu un bien malade, ne veulent - ils pas quelque
chose arrive d?! C'était quelque chose qu'Erik ne comprenait pas.

Ici, je me suis débarrassé de ma maison pendant l'assainissement, et la mère et le superviseur protègent de toute façon le fou? Pourquoi, se demanda Erik?

Oui, c'était maintenant une vie complètement nouvelle et valeurs pour Erik, où il adhérerait aux règles de la société. Là, en tant que Svensson, vous deviez vous en tenir à la marque de la loi, vous n'avez donc rien fait de criminel, ou autrement violé la loi dans son intégralité. C'était une tâche assez difficile à vivre, avec 20 ans dans le froid, et où il enfreignait naturellement la loi chaque jour. Erik a estimé que cela pouvait vraiment aller de toute façon, avec ces conditions qui existaient maintenant.

La mère est sortie de l' une des pièces et a dit qu'Erik devait emballer les essentiels pour pouvoir à nouveau vivre à la maison avec sa mère.
La chose la plus importante? Pensa Erik.
- Qu'est-ce que c'est que ça?! Erik se demanda.
Erik devait en entendre parler avec sa mère!
- Mère, dit Erik. Que dois-je apporter alors?
- Vous devez apporter des vêtements pour quelques jours, ainsi que votre brosse à dents, votre déodorant et ce genre de choses? dit la mère d'Erik.
Eh bien, pensa Erik.

Sur le slammer, c'était juste leur brosse à dents à apporter, puis vous avez eu de nouveaux vêtements au nouvel endroit, et si vous aviez une frange, vous n'aviez qu'à apporter les choses privées, comme des blocs et autres. Il n'y avait pas tellement de choses privées dans la cellule, car elles étaient enfermées dans l'armoire de sécurité.
Ils ont été automatiquement déplacés vers le nouveau slammer par le cadre supérieur, qui a emballé tout ce que vous aviez dans son armoire de sécurité dans une boîte bleue, qui devait peser 20-25 kilos. Toutes les boîtes ont été pesées. Puis, quand toutes les choses du cabinet de sécurité étaient là, ces les boîtes étaient scellées par un VB, vous pouviez donc voir si la boîte avait été ouverte pendant le voyage.
Maintenant, le déménagement était chez la mère, et non à l'intérieur
Services correctionnels, et c'était quelque chose dont Erik n'avait aucune expérience.
Sa mère l'a aidé à réunir des choses privées, et même le superviseur a parlé positivement du déménagement

à sa mère, où elle voulait vraiment qu'Erik voie tous les avantages qu'il avait, tandis que la maison était nettoyée une fois pour toutes. Le superviseur a vu qu'Erik pourrait vivre dans sa maison pendant de nombreuses années après que la maison ait été réparée.

Erik n'était pas si heureux du déménagement, car il avait des plans complètement différents et voulait juste se venger de cet idiot. J'avais l' impression que ce serait difficile, mais toujours Erik avait un grand désir de venger le vendeur de la maison.

Erik avait emballé toutes les choses importantes et ils pouvaient rentrer chez sa mère. Pendant tout le trajet, Erik resta silencieux et resta assis dans ses propres pensées, la mère et le superviseur parlèrent de la façon dont le vendeur de maison pouvait faire cela, alors qu'il était si gentil avant que la maison ne soit vendue.

Oui, comment est-ce possible? Êtes-vous si naïf? Pensa Erik ...

Il était juste plus ennuyé par leur raisonnement et par le fait qu'ils étaient si peu méfiants, mieux vaut abandonner cette pensée, pensa Erik avec une grande frustration.

Après quelques kilomètres, ils étaient là, et le superviseur a pris sa voiture là-bas et est allé directement au travail dans l'église.

Ils ont commencé à porter dans les affaires de Erik, et il est arrivé à vivre dans son ancienne chambre, il avait comme un petit garçon. Erik a été adopté alors qu'il était très petit et avait vécu avec la mère, qui était célibataire, depuis lors. Elle avait une fille issue d'une autre relation, mais ils étaient allés dans les deux sens avant qu'Erik ne soit choisi. C'était juste mon autre et Erik dans cette famille, principalement juste la mère, quand il était assis assez souvent à l'intérieur du slammer.

Maintenant, il arrivait qu'Erik devait à nouveau vivre à la maison, même s'il n'aimait pas ça.

Ce fut la première fois qu'Erik vit son ancienne chambre, il se réveilla. Il y avait quelque chose qui avait amené cet ours qui dormait vraiment. Maintenant, il semblait que toute haine contre le vendeur de maison était devenue une chose importante à résoudre pour Erik.

La mère d'Erik a demandé si c'était correct de vivre dans son ancienne chambre.

- Prêt! Dit Erik.

La mère se demandait s'ils pouvaient manger ensemble pendant la soirée?

- Oui, bien sûr, dit Erik.

Erik vit à quel point elle était heureuse de la réponse qu'il lui avait donnée. Oui, Erik était tellement en colère et déçu contre le vendeur de maison qu'il voulait vraiment le briser, même s'il savait fondamentalement que c'était mal de le faire, mais devoir voir le chagrin, dans les yeux de la mère a permis à Erik de trouver du carburant pour mener à bien un vengeance.

Mère est allée, et il était lui-même dans la pièce. Il a choisi d'insérer sa brosse à dents et de mettre ses vêtements à leur place.

Erik essaya de s'installer facilement dans la pièce où il resterait quelques semaines.

Il a entendu de sa chambre comment sa mère se préparait avec de la nourriture, et que cela avait claqué dans des casseroles, donc ça sonnait comme ça devrait faire dans une maison, pensa Erik.

Très vite, Erik a entendu que sa mère criait depuis la cuisine, que la nourriture était prête.

Oui, pensa Erik, cela ressemble à un mauvais scénario de film, que la nourriture était maintenant prête à être mangée.

Erik a ri de lui-même et s'est rendu compte assez rapidement que ce "Bad Film Manuscript" était exactement comme la vie, et Surtout, c'était ce à quoi Erik pouvait s'attendre dans le futur.

Erik est allé à la cuisine où était sa mère, et elle avait supporté du linge de maison et des serviettes, ce qu'elle n'avait jamais eu. Maintenant, elle était si heureuse que son fils soit à la fois sorti de l'institution et qu'il soit temporairement retourné chez lui dans sa maison d'enfance. S'asseoir à la même table, ce qu'Erik avait fait quand il avait grandi, se sentait très étrange, et voir comment la mère avait vieilli était la preuve que beaucoup de temps s'était écoulé.

Mère avait fait des boulettes de viande maison qu'Erik aimait vraiment. Le simple fait de manger ces boulettes de viande et de ressentir toutes les odeurs de la nourriture a libéré de nombreux souvenirs d'Erik, qui a volé 40 ans en arrière à l'époque où il ne ressentait que l'odeur et le goût des boulettes de viande que la mère avait fait.

Elle a demandé s'il pensait que c'était bon?

- Oui, maman, vraiment bien!

- A quoi bon mon fils, dit-elle.

- Mange combien tu veux mon fils!

- Je mâche tout ce que je peux, dit Erik.

- Bien! ...

- Hé, maman! Un peu trop vieux pour que tu dises petit fils, tu comprends?

- Mon petit fils, tu seras toujours petit pour moi.

- Maintenant, vous devez vous amuser!

- Oui, oui, mon fils, ça ira, dit-elle avec un sourire.

Ils mangèrent prêts, puis Erik s'assit dans la salle
de télévision, pour prendre du chou pendant quelques
heures ce soir.

Tandis que sa mère se tenait dans la cuisine après le repas,
Erik s'assit dans un fauteuil et planifia la vengeance qu'il
ferait contre le vendeur de maison. Plus, il pensait à la
vengeance, plus il réalisait à quel point ce serait difficile
mettez- vous en œuvre.

Trouver une personne fiable dans la vie de Svensson était
un travail impossible, pensa Erik, qui pensa aussitôt à son
livre noir, avec toutes les adresses et numéros de
téléphone de tous ceux sur qui il était assis, et qui serait le
plus apte à faire le travail qui devrait maintenant être fait.
Erik se leva de son fauteuil et alladans son ancienne
chambre pour récupérer le livre noir qui était emballé
dans un sac qu'il avait.

Après quelques recherches, Erik trouva le livre. C'était un
livre qu'il n'ouvrirait pas vraiment, vu son contenu.
Maintenant, il se tenait là avec le livre, qui ne serait qu'un
souvenir, mais qui devenait maintenant une exigence
fondamentale pour que ce soit une bonne vengeance sur
cet idiot.

Erik éprouvait un, certain doute pour contacter ces
personnes, c'était quelque chose qui n'existait plus dans sa
nouvelle vie, mais maintenant j'avais besoin d'elles,
pensa-t-il.

Erik réfléchit à ce qu'il ferait avec le livre. Était-ce un
must, ouvrir et contacter ces personnes ou pouvait-il faire
autrement?

Chapitre 12

Erik a gardé le livre convulsif, symbolisant son ancienne
vie pendant 20 ans. L'ouvrirait-il vraiment pour le bien
d'un propriétaire?
Erik savait que s'il l'ouvrait, il devait sortir de la ligne,
c'est-à-dire qu'il était temporairement de retour dans la vie
criminelle. Si la société l'acceptait, ou si elle tournait le

dos, ce serait probablement la dernière,
malheureusement. Erik sentit qu'il devait faire quelque
chose au sujet de l'attitude du vendeur de maison envers
la mère, alors qu'il pensait pouvoir lui faire ce qu'il voulait
lui faire. C'était une grosse erreur de le croire alors qu'elle
aidait son fils.

Maintenant, le vendeur de maison ne savait pas qu'Erik
était tellement derrière sa mère, ce qu'il faisait vraiment
tout le temps, quand il lui était fidèle.
Après tout, la question est de savoir comment cela serait
perçu, lorsque vous voulez venger quelqu'un et rechercher
activement une solution au problème qu'avait Erik. Oui,
pensa Erik, c'est une bonne question, et je n'ai pas de
bonne réponse à cela. Erik voulait pouvoir voir sa propre
mère dans les yeux, quand elle a peut-être demandé où le
vendeur de la maison s'était débarrassé, et Eri k devrait -il
mentir à propos de cette réponse?!
Que ferait-il maintenant? Hm.
Oui, c'était juste à Erik de décider, ouvrirait-il le livre noir
ou pas?
Pas de choix facile, pensa Erik, qui avait du mal à voir sa
propre mère dans les yeux quand il y pensait.
Oui, quelque chose que je dois faire, la question est de
savoir comment, parce que cela semble être faux,
peu importe comment je fais, pensa Erik.

 Il a décidé d'ouvrir le livre et de commencer à
le parcourir un peu. Il se demandait évidemment qui était
le plus apte à faire le travail et qui pouvait garder la
bouche fermée. Même un peu de travail nécessitait une
personne qui pouvait vraiment se taire et ne pas en parler
plus tard, même si elle le voulait. Une personne de
l'ancienne tribu était indispensable, à qui on pouvait faire
confiance. Le livre noir était assez épais, donc il y avait

beaucoup de monde là-bas. Bien que l'incertitude d'Erik soit grande et que la loyauté envers la mère le lui rappelle, Erik a choisi de passer à autre chose dans le marais criminel, afin de trouver quelqu'un adapté à ce qui doit être fait, et même si cela coûterait un temps à Erik sur le slammer, était-il déterminé à le mettre en œuvre.

Maintenant, il s'agissait simplement de trouver une bonne personne, et non un oiseau chanteur, parce que ce n'était pas approprié d'avoir, alors qu'Erik ferait cela d'une bonne manière. Ensuite, il n'avait pas besoin d'être dérangé pour avoir un cerveau anabolisant, alors peut-être que ce serait bien avec un intermédiaire, pensa Erik.

Il cherchait vraiment quelqu'un en qui il pouvait avoir confiance, et ce n'était pas vraiment beaucoup. Tous les gens disent qu'ils sont bons et peuvent se taire, même si la vérité dit quelque chose de complètement différent, car ils deviennent souvent un peu mous lorsque les flics les enferment dans une cellule, lorsque la ténacité disparaît assez rapidement. Ces personnes sont appelées "coqs" et ne sont pas si durs du tout, mais ils sont souvent durs, et

i t s dans l'estomac.

Souvent, les gardiens venaient à la garde à vue et nous demandaient si nous voulions "nous asseoir avec" les coqs, donc ce ne serait pas fou, et ils arrêtaient de penser à la nourriture de maman à la maison, où ces durs étaient assis maintenant.

Non, il n'y avait pas grand-chose avec ces gars, la plupart des larmes et le mal du pays. Puis les gardiens de prison sont venus à l'ancien les méchants qui voulaient, pouvaient "s'asseoir avec" les gars qui ont fait leur virginité dans la correction. Tout, pour alléger jusqu'à l'état d' esprit du peuple, afin qu'ils puissent obtenir d' autres pensées, que ils ont été enfermés dans une cellule 23 heures par jour.

Oui, c'était un petit morceau de bois, mais ils veulent être durs!

Maintenant, Erik voulait trouver une personne qui pourrait participer à ce, sans être doux quand le flic s est venu, parce que Erik comptait qu'ils le feraient après avoir parlé avec le vendeur de la maison.

Un Svensson qui avait été exposé à des menaces appelle les flics après que cela se soit produit, pensa Erik, et parcourt son livre, et voit deux candidats possibles qui pourraient facilement mettre en œuvre cela.

L'un d'eux était devenu un peu ennuyeux, avait formé une famille et voulait être avec eux au lieu de faire des choses illégales au fil des jours. Il voulait sécuriser les finances de sa famille, par un travail régulier et payer des impôts, sans aller occasionnellement dans la cuisine, et il faut accepter que quelqu'un veuille changer de cap et devenir sérieux à la place.

Je voulais moi-même changer de style de vie, pensa Erik dans un moment faible ... Eh bien, maintenant ce n'est pas comme ça, pensa Erik!

Maintenant, il trouverait un candidat approprié pour le poste qui représentait maintenant la porte.

Il ne restait plus qu'un seul candidat approprié après avoir appelé l'autre personne et lui a demandé s'il voulait rencontrer Erik. Puis l'autre personne avait dit qu'il rencontrerait volontiers Erik, s'il n'y avait rien d'autre à faire. Il ne pouvait pas parler au téléphone, même si Erik comprenait son message énigmatique qu'il avait dit au téléphone.

Erik a compris que la personne ne voulait pas suivre

l'illégalité, et ensuite il n'était plus un candidat approprié pour le poste, comme Erik l'a expliqué par le fait qu'il n'était probablement pas approprié qu'il y vienne alors. Ensuite, il n'y avait qu'une seule gauche qu'Erik pensée tenait la mesure, et qui était Tobbe.

Tobbe était un vieux voleur, de la vieille école, qui détestait les flics et avait vraiment une attitude très appropriée.

Erik l'a appelé, et le message a semblé arriver dans un bon sol, et bien que cela ne puisse pas être confirmé par téléphone, Erik avait de bons espoirs. Ils ont décidé de se rencontrer dans une banlieue voisine de Göteborg, où ils se retrouveraient tous les deux plus tard dans la soirée. Erik ne voulait pas s'inquiéter pour sa mère, qui se couchait assez tôt le soir.

La mère est venue souper, et ils ont fait les routines habituelles qu'elle faisait. Elle a toujours voulu prier, avant qu'elle et Erik ne mangent leur nourriture. Elle fit claquer ses mains et jeta un coup d'œil à Erik, et voulut même qu'il claque ses mains quand elle priait à table. Ils ont commencé à manger après qu'elle eut fini la prière à table, et c'était assez calme à la table à manger. La mère d'Erik se demandait s'il avait décidé de rencontrer son superviseur?

- Non, dit Erik.

- Le ferez-vous bientôt? Se demanda la mère.

- M autre, je ne sais pas

- Oui, alors nous verrons quand ce sera mon fils, dit Mère.

- Oui on fait tout, dit Erik avec une petite voix agacée.

C'est bizarre que les mères pensent à Erik, on dirait qu'elles sont un peu voyantes. Il semble qu'ils savent quelque chose, et leur regard donne l'impression que cela a l'air un peu plus juste en de telles occasions.

Mère ne pouvait pas savoir, c'était juste un sentiment
qu'Erik avait, et probablement il était juste un peu timide,
ce qui arriverait plus tard dans la soirée.
La soirée était un fait, et la mère ne se couchait pas à
l'heure qu'elle avait l'habitude de faire. Elle sembla dire
quelque chose, et Erik choisit de se taire pour ne pas voir
le regard de la mère pendant la soirée.
Finalement, elle a dit qu'elle allait se coucher et reposer
ses vieux yeux. C'était apparemment quelque chose de
grand dans l'église demain, pour lequel elle voulait
être bien reposée. Cela lui demanderait probablement
beaucoup d'énergie pendant cette journée, alors
elle voulait juste dormir. Erik n'était pas directement triste
de sa décision. Il était censé aller voir Tobbe ce soir, et
même s'il se faisait tard, il voulait le faire, compte tenu de
son plan.

Maman s'était endormie et Erik savait qu'elle s'endormait
rapidement. Même s'il savait, il retourna dans la chambre
de sa mère. Elle avait commencé à ronfler, et c'était un
bon signe qu'elle dormait assez profondément. Erik ferma
la porte, puis s'en alla vers l'armoire à clés, où il prit les
clés de voiture qui allaient à l'ancienne Mazda de la mère.
Il sortit de la porte d'entrée et la ferma doucement pour
que sa mère n'entende pas.
Puis il se retourna et se dirigea rapidement vers la voiture
qui était garée dans l'allée.

Quand Erik était presque à la voiture, il a vu comment une
paire d'yeux d'animaux se reflétait dans l'obscurité, alors
qu'il voyait que quelqu'un allumait une cigarette.

Qui est sorti maintenant? Penser Erik.
Ah, il faut juste que ce soit quelqu'un qui sortavec son
chien et allume sa cigarette, pensa Erik.

Erik se concentra sur la fermeture de la porte de la voiture pour pouvoir monterdans la voiture. Erik a sautédans la voiture et a mis la clé dans le contact. Avant de se retourner, il pensa à sa mère qui le soutenait toujours, et maintenant je fais ça, pensa Erik ...

Oh, maintenant c'était gênant pour le moment, et bien qu'il ait fait ça pour elle, tout ce qu'il était censé faire était de sucer, pensa Erik. Après tout, c'est devenu un coup de fidélité de son égal.

Maintenant, il s'agissait de s'en tenir à son plan et de ne pas ressentir, donc ça irait probablement.

Erik recula la voiture de l'allée, et commençait simplement à conduire, quand il vit une sorcière un peu plus loin sur la route à regarder la voiture.

- Qu'est-ce qu'elle regarde? Je me demande Erik, qui est devenu un peu paranoïaque quand quelqu'un a regardé. Elle avait un chien d'une sorte qu'elle a rejoint, même si le chien était immobile et qu'il regardait! Etrange, pensa Erik, qui regardait maintenant dans le rétroviseur s'il y avait autre chose qu'ils regardaient. Ce n'était pas.

 Probablement seul le chien avait vu un chat ou tout autre animal, et le ha g regardait probablement aussi cet animal, donc elle savait quand y aller.

Erik pensa maintenant, sinon il ne serait devenu paranoïaque qu'avec une autre solution.

Il a choisi de continuer, et était maintenant à cette voiture qui suivait la voiture des yeux.

Mais que diable maintenant! Pensa Erik.

Cette salope ne se sent pas bien, on dirait qu'elle a de graves brûlures d'estomac, et où j'étais un Samarin vivant.

Oui, cette femme a regardé, il n'y avait personne

hésitation, et Erik voulait savoir qui était cette
femme. Parce que ça ne peut pas être une coïncidence! Il
pensait.

Il pensait avoir déjà vu cette salope, mais ne pouvait pas
la placer, pour le moment. Il n'avait pas été assis avec elle
de toute façon, parce qu'elle était une femme, et ils sont
souvent assis dans une institution, et Erik n'y était pas
assis, bien qu'il ait été assis sur de nombreux canapés, et
cette institution était réservée aux femmes.

Il a taquiné qu'il ne pouvait pas mettre le doigt dessus
où il l'avait vue.

Il y avait quelque chose dans son regard qui lui semblait
familier, et cela fit probablement penser à Erik qu'il la
reconnaissait quand elle regarda.

Chapitre 13

Il faisait presque complètement noir là-bas, c'était le soir donc les conditions n'étaient pas directement optimales pour pouvoir placer la femme. Erik a essayé de le libérer, afin qu'il puisse penser à ce qu'il dirait à Tobbe quand il arriverait à lui.

Le voyage en voiture s'est terminé et Erik était là où il rencontrerait son ami, Tobbe.
Erik a quitté la voiture, et a commencé à marcher jusqu'à l'endroit où ils ont décidé de se rencontrer, il est venu un peu plus loin sur la route. Tous deux avaient mis leurs mobiles dans la voiture, car ils peuvent être écoutés, même lorsqu'ils sont éteints. Il est devenu un câlin comme les hommes, avec dunk dans le dos, et je me sentais comme le temps avait totalement st et encore.
Plus récemment, Erik avait vu Tobbe, était à l' institution Kumla, où ils étaient assis ensemble à la maison D, à l'extérieur du terrain de football.
Ils étaient assis ensemble depuis plus d'un an avant de se faire exploser tous les deux.

C'était il y a quelques années, et ça faisait du bien de voir Tobbe, pensa Erik.
Après un moment, Tobbe s'est demandé ce que nous devrions faire Bien sûr, il a perdu ce que j'avais prévu?!
J'ai expliqué comment j'avais pensé à tout cela, et c'est devenu un plan très long, qui amènerait le vendeur de maison sur des idées complètement différentes.
Tobbe pensait que c'était un plan vraiment génial, vraiment intelligent, parce que le vendeur de maison l'avait fait auprès de la mère d'Erik, et il avait besoin d'une déclaration forte d'Erik et Tobbe.
Erik avait également prévu de répondre aux questions des flics à ce sujet.

Il avait même planifié comment ils se rencontraient, et qu'ils étaient assis sur le slammer, donc Erik avait couvert la plupart des questions que les flics pouvaient poser.

Tobbe avait des questions sur le moment où tout se passerait et si nous avions besoin de plus.

Juste au moment où Tobbe posait ses questions, Erik dit carrément:

- Mme Watson, ça l'était! Dit Erik.

Tobbe se demanda si Erik avait pris de la drogue, ou ce qui s'était passé, dit Tobbe, qui ne comprenait pas de quoi Erik parlait, quand il dit complètement, Mme WATSON tout de suite.

- Oui, elle était! Dit Erik.

- Qui alors?! Dit Tobbe.

- Elle se tenait sur la route! Dit Erik.

Tobbe est devenu plus convaincu qu'Erik était haut sur quelque chose qu'il a pris et s'est demandé ce que c'était?

- Rien, dit Erik, c'était une sorcière que j'ai vue sur la route à la maison, dans la rue de ma mère, et je me suis demandé où je l'ai vue. Maintenant je sais! Je ne pouvais pas mettre le doigt sur l'endroit où je l'avais vue auparavant, mais maintenant je sais que c'était quand ma mère était à la maison avec moi dans la maison, et il arrive une sorcière, et lui parle, et elle termine sa discussion en regardant d'une manière étrange chez moi. C'est pourquoi je pensais qu'il était familier avec son regard.

Tobbe ressemblait plus à un, point d'interrogation vivant, qui ne comprenait pas quelle était l'importance de Mme Watson dans ce travail?

Tobbe se demanda si elle était flic, car elle avait retenu l'attention d'Erik alors qu'il pensait encore à elle, ce qui était apparemment important pour lui.

-Non! Dit Erik. Elle ne l'est pas, je voulais juste faire les choses correctement. Pas si étrange, a conclu Erik en disant.
Tobbe ne pensait plus que le comportement d'Erik était étrange, maintenant qu'il savait comment tout se passait.
Ils ont tous deux continué à parler de comment ils feraient et de qui ferait quoi.
La majeure partie était prévue, alors Erik et Tobbe bi se sont dit au revoir et ont commencé à marcher vers leurs voitures, quand quelque chose de très négatif s'est produit, ils ont vu que de nombreux flics étaient autour de leurs voitures.
C'était la voiture de la mère d'Erik qu'ils regardaient, et même dans la voiture, on aurait dit qu'ils cherchaient quelque chose dans sa voiture quand ils se promenaient dans la voiture. Erik savait que son portable était dans la voiture et qu'il était éteint par la sécurité. Donc ils ne pouvaient pas le retracer, pensa Erik.

La mère d'Erik s'était réveillée et avait besoin de continuer les toilettes pendant la nuit, et sur le chemin, elle a vu que sa voiture était loin de l'allée, alors elle avait appelé la police et avait déclaré que sa voiture était partie. Après avoir fait son rapport de police, elle a découvert que les clés de la voiture avaient disparu, et quand elle a frappé sur Erik, il avait également disparu.
La mère était tout de suite tout à fait réveillée et a commencé à soupçonner que son fils faisait quelque chose qui n'était pas directement légal, et a commencé à sentir son estomac lui faire mal. Elle a essayé d'appeler Erik sans succès, quand son portable a été éteint, la mère n'a eu

qu'un message vocal dans son oreille, et est devenue
encore plus inquiète quand elle n'a pas eu son fils.

Erik, qui n'était qu'à 30 mètres des flics a commencé à
comprendre que les flics n'étaient pas venus par accident,
la question était de savoir comment ces flics ont trouvé la
voiture de la mère si vite, et pourquoi?
Ce ne pouvait pas être une voiture recherchée quand
c'était la mère d'Erik, et il n'y avait pas de système GPS,
car la voiture était trop vieille.
Erik se demandait vraiment pourquoi les flics regardaient
cette voiture? Assez bizarre! Pensa Erik.
Tobbe, qui était allé à sa voiture, est venu vers Erik et a
expliqué qu'il ne croyait pas au hasard, et tout ce qui s'est
passé maintenant était très étrange, a déclaré Tobbe.
- Non, je ne crois pas non, plus au hasard, c'est étrange,
dit Erik.
- Toi, Erik, dit Tobbe.
- Oui, dit Erik.
Tobbe était complètement silencieux, alors Erik dut de
nouveau dire à son ami d'expliquer ce qu'il voulait.
- Vous avez dit, Tobbe.
- Erik, tu penses que cette salope est de toute façon un
flic?
- Quoi! Dit Erik. Vous voulez dire Mme Watson?
- Oui, dit Tobbe.
- Maintenant tu dois abandonner, Tobbe
C'est une femme ordinaire, qui voulait juste être gentille,
a déclaré Erik.
- Ouais, mais tu lui as parlé? Pour son jeu, ça sent les
flics, je pense.
- Ah, tu es paranoïaque, dit Erik.
- Pensez-vous que c'est bizarre! Dit Tobbe.
- Eh bien, ce n'est pas si étrange, mais j'ai beaucoup de
mal à croire que Mme Watson est un flic, dit Erik.

- Tobbe, je ne pense pas´ que tu trouves étrange à ce sujet
petit chariot. Elle crée également des points
d'interrogation avec moi. Apparemment, elle est partout,
dit Erik.

- Oui, je pense, dit Tobbe.

D'abord, elle dit à ta mère Erik, que
le vendeur de maison n'était pas fiable, alors vous la
voyez devant la maison de votre mère dans la
rue. Maintenant, il y a des flics autour de votre voiture.
Tu n'as pas Erik? Elle est la fuite, et bien sûr les flics.
C'est à plusieurs kilomètres de chez toi,
Erik. La sorcière est aux deux endroits. Oh-oh,
maintenant nous avons probablement un flic dans le cul,
et tu penses qu'elle est une Svensson ordinaire, Erik.

- Agréable! Dit Tobbe.

- Hey! Comment dois - je savoir ce qu'elle travaille avec,
je ne l' ai pas, encore parlé à son Tobbe. Je ne peux pas
savoir alors, Tobbe, tu sais, dit Erik.

- Oui, c'est étrange, dit Erik.

Peut-être seriez - vous un peu plus prudent en lui parlant,
pensa Erik.

Erik voulait juste se venger du vendeur de maison, et
comme c'était le cas en ce moment, il n'était pas facile de
se venger avec des flics aussi actifs. La question était
simplement de savoir qui les avait activés?

Erik ne savait pas pour le moment que c'était sa propre
mère qui l'avait fait grâce à son rapport de police, ni
comment ils pouvaient localiser sa voiture si rapidement
sans GPS. Erik avait été recherché à l'étranger et est
inscrit au registre ASP de la police (registre secret de la
police), il était donc gardé.

Il a été surveillé pendant 1 an, donc ce n'est peut-être pas
si étrange que les flics aient localisé cette voiture.

Une chose qu'Erik n'a pas comprise, c'est comment une voiture appartenant à sa mère a été retrouvée si vite?

Les flics ont choisi d'appeler un récupérateur puis de quitter les lieux, ce qu'Erik et Tobbe ont entendu lorsque la police a appelé ce transporteur.

Désormais, seule la question était de savoir si Erik serait en mesure de prendre son téléphone portable posé sur le plancher de la voiture. S'il réussit de le faire, il pourrait rentrer à la maison avec Tobbe dans sa voiture, et la mère n'a pas besoin de savoir tout ce qui était arrivé le soir et la nuit. Erik a couru vers la voiture dès que les flics avaient quitté les lieux, l'a ouverte avec la clé, a pris son portable, qui était par terre à la porte du conducteur, et l'a mis dans la veste.

Erik a dû chercher une raison dans la boîte à gants, et a vu quand il l'avait ouverte, que le portable de sa mère était dans la boîte à gants et était allumé.

Eh bien, il n'était pas étonnant que les flics aient pu localiser sa voiture si rapidement, alors qu'elle était là, pensa Erik.

La question qu'Erik se posait était: pourquoi avaient-ils localisé sa voiture?

Il ne pouvait pas du tout comprendre qu'Erik pouvait le faire, sa mère était, après tout, vicaire, et pas du tout criminelle, et ce qu'il savait, personne n'avait fait de rapport de police. Alors pourquoi ce déménagement? Assez étrange, pensa Erik.

Erik a dû retourner là où Tobbe attendait, et il voulait certainement savoir si je mettais la main sur le portable, pensa Erik.

Tobbe semblait un peu ennuyé par la situation alors que Erik et Tobbe étaient dedans. Certes, la situation n'était pas aussi bonne, et ils ne pouvaient pas dire qu'il n'y avait pas de flics autour d'eux comme c'est le cas maintenant.

Erik se demandait quoi, ou qui était responsable de ce qui s'était passé maintenant, parce que c'était une putain de misère qu'ils avaient fini ce soir.

Tobbe a dit à Erik qu'ils devraient continuer leur instinct et interrompre cela, alors qu'il y avait encore une possibilité, et que les flics n'étaient pas plus impliqués dans cette situation.
Erik ne voulait pas annuler, alors le vendeur de maison s'enfuirait, et il n'y avait pas sur la carte d'Erik.
Erik et Tobbe ont choisi de s'éloigner de cet endroit en voiture de Tobbes. Erik avait son téléphone portable dans sa veste, et ne voulait pas le mettre, quand Tobbe et lui étaient au même endroit, et ça n'avait pas l'air bien si les flics savaient où ils se trouvaient. Alors vous ne voulez pas, que ces mobiles soient au même endroit alors que peut-être les flics avaient triangulé nos mobiles. Erik et Tobbe pensaient qu'ils avaient pensé à tout ce qu'un gangster ordinaire avait fait. C'était quelque chose que les deux s'étaient promis de ne pas se lancer dans les pièges classiques des flics et de ne pas inviter certaines choses aux flics.

Erik et Tobbe discutaient sur le chemin du retour chez la mère d'Erik. Au bout d'un moment, ils se tinrent devant son allée, et il était temps pour Erik de descendre de la voiture et de rentrer chez la mère.
Erik pensait que ça s'était bien passé, même s'il y avait eu des flics sur le site et que son portable était dans la voiture. Si le flic avait trouvé son portable, ils pouvaient l'attacher à lui, la voiture gratuite avait son numéro de téléphone quand il était surveillé pendant l'année. Même si le portable ne pouvait pas être connecté à un crime, les

flics auraient pu m'appeler quand Erik était
surveillé. Lorsque vous avez une surveillance,
t - il personne Do not ont les droits d' un autre peuple.
Erik était à nouveau dans la maison, et pendait à sa veste,
et allait juste dans les toilettes quand sa mère sortait de sa
chambre, et son regard n'était absolument PAS blanc
directement, maintenant elle avait l'air d'avoir parmi les
nuages jeté des éclairs sur sa mère. Elle était vraiment
énervée, se demandant où était sa voiture?
- Ta voiture! S aide Erik.
- Erik, dit Mére.
- Oui, maman, c'est parti.
- Parti? Dit Mère.
- Erik! Où diable est-il?
- Oh, maman, tu le jures!
- Toi Erik, dis-moi où est ma voiture! Si vous le savez,
dites-moi où est mon fils, alors Dieu est plus grand
qu'il ne réagirait à quelqu'un qui jure, et vous le savez!
- Tu sembles en colère, dit Erik.
- Erik, je suis en colère, désolé et déçu que tu me mettes
dans une situation aussi difficile que tu viens de le faire!
- Mère, je ne t'ai mis dans aucune situation difficile, tu
dois tout savoir, je te suis fidèle.
- Êtes-vous Erik? S aide mère.
- Ouais, maman, c'est moi!
- Comment se fait-il que ma voiture soit partie et que mon
propre fils soit resté absent une bonne partie de la
nuit? S aide
Maman. Comment peux-tu être si loyal, Erik?
- Quoi? Dit Erik.
- Oui, c'est moi, ta mère qui a fait un rapport de police
quand j'ai vu que ma voiture était partie. Après avoir fait
une inscription, j'ai également vu que mes clés de voiture
étaient loin de l'armoire à clés.

Parce que tu ne les as pas Erik, a demandé la mère? Eh bien, maintenant tout est gênant, ça, et que diable dois-je répondre à ma mère? Pensa Erik.

- Erik! Avez-vous mes clés?

- Vous avez ça, dit la mère?

- Pourquoi tu ne le dis pas à mon fils!?

- Mère, calmez-vous maintenant, s'il vous plaît, afin que nous puissions régler ça une fois pour toutes.

- Erik! Dit mère.

- Oui, répondit Erik - Maintenant tu as une chance honnête de me donner mes clés si tu les as! Je ne pense donc pas, que vous devriez réessayer, car votre mère n'est plus du tout de si bonne humeur.

- Maman, bien sûr que je n'ai pas tes clés de voiture sur moi, tu le feras.

- Tellement bon Erik! Dit Mère. Ensuite, vous pouvez commencer par rentrer et sortir des poches de votre jean, alors on commence quelque part, dit la maman!

- Qu'est-ce que vous avez dit?

- Vous avez entendu ce que j'ai dit!

- Oui, mais tu crois pas, que j'ai tes clés de voiture, je ne conduis plus de voiture, tu le sais!

- Il est clair que vous ne courez pas! Je le sais, dit la mère avec sarcasme dans la voix.

Erik remarqua qu'elle était en colère et attendit qu'il vide ses poches dans le jean. Elle voulait vraiment voir que ses clés de voiture n'étaient pas là.

Il ne restait plus qu'à Erik de mettre et d'enlever son jean, qui contenait beaucoup de choses. Cependant, ses clés de voiture étaient également là, et cela devenait difficile pour Erik.

Maman a dit qu'elle pensait qu'il devrait chercher le mot
FIDÉLITÉ et a pris ses clés de voiture avant de rentrer
dans sa chambre, les yeux noirs et blancs.
Alors oui, pensa Erik.
Maintenant, la mère est aigre, et ce n'est pas bon du tout,
pensa Erik avec une grande frustration, et comprit qu'elle
serait sur lui comme un hérisson. Même si son
superviseur serait un plus gros problème, maman était la
plus grande en ce moment, quand Erik vivait dans son
ancienne maison d'enfance.
Erik a choisi d'aller dans son ancienne chambre, et peut-
être dormir quelques heures. Il était presque cinq heures
du matin, donc la nuit ne serait pas si longue de toute
façon, pensa Erik.

Chapitre 14

Erik ne s'est réveillé qu'à 9 heures, car il était si fatigué quand il est allé se coucher, et sa mère était plutôt de mauvaise humeur hier, et j'espère vraiment qu'elle est de meilleure humeur aujourd'hui, pensa Erik.

Maintenant, il commençait à sortir dans la maison, attendant juste que la mère dise quelque chose quand il sortait de sa chambre, ou la regardait.

Très vrai, il a été accueilli par une note que sa mère avait écrite. ERIK, JE TRAVAILLE, JE PARLE AVEC VOUS CE SOIR // MAMAN

Eh bien, ce sera une telle soirée, pensa Erik.

Comment cela se passerait-il avec la vengeance, lui et Tobbe l' avaient planifié ce que ce serait de de venger, maintenant qu'Erik avait deux femmes en colére derriérelui. FEMME EN COLÉRE NE JOUE PAS AVEC.NE JAMAIS PERDRE UNE FEMME AVEC. Il était quelque chose qu'il avait appris dans le slammer quand il avait taquiné les plis féminins, whiched a demandé si vous étiez aÌ med vers le haut?

Je dirai que vous avez eu un coup pour une institution supérieure pendant que vous vous êtes rendu au lock-out. Cela voudra dire que vous allez dans la mauvaise direction, pensa Erik.

Oui, pensa Erik. Il est probablement préférable de suivre ces femmes, sinon il y aura un gros problème avec eux. Comment faire est vraiment un mystère qu'Erik a eu beaucoup de mal à résoudre.

Il ne savait pas comment s'occuper de sa mère, Erik n'avait pas de solution. Ensuite, elle parlera probablement à son superviseur, puis le deuxième problème était en cours. Maintenant c'est c'était

vraiment une question de mentir un peu avant, pensa Erik,
qui se rendait compte que ce serait hypothétiquement
deux femmes qui ne seraient pas si heureuses avec lui.

Erik savait que vous ne pouvez pas obtenir tout ce que
vous voulez.
Si vous le voulez, vous devez sacrifier quelque chose et
cela n'a pas été pris en compte dans ce cas.

Erik s'assit sur une chaise et pensa à tout ce qui s'était
passé, comment de nouvelles personnes étaient devenues
impliquées, sans cela, Erik ne savait vraiment pas
pourquoi, ni qui étaient les gens.
Merde, ce qui est étrange, pensa Erik.
Il essaya de réfléchir à comment ça pouvait être, alors que
seuls Tobbe et lui effrayaient un peu le vendeur de
maison. Dans l'état actuel des choses, la mère, le
superviseur, Mme Watson et de nombreux flics
étaient impliqués, et c'était devenu un cas difficile à
mettre en œuvre. Pour le proverbe qui dit: si on sait,
personne ne sait, sait deux, tout le monde sait!
Donc c'est en fait, pensa Erik ...

Cela n'aboutirait pas à ce que ces gens sachent, car ce
serait aussi le vendeur de la maison, et probablement
d'autres comme il l'a dit plus tard. Alors Erik s'est rendu
compte qu'il y aurait beaucoup de gens qui le savaient, à
la fois avant et après leur avertissement.
Comment le superviseur Erik agirait, il ne savait pas, mais
il voulait entendre avec sa mère si elle avait parlé à h est
superviseur si elle a eu lieu. Si elle l'avait fait, cela
pourrait dans le pire des cas signifier qu'Erik retournait
au slammer, et il ne le voulait pas. Je ne pense pas que ma
propre mère le ferait comme ça non, plus, pensa Erik.

98

Même si elle était vraiment en colère et déçue par son fils,
Erik avait du mal à y croire.

Eh bien, j'espère qu'elle a des sentiments pour la mode et
qu'elle ne dit rien à mon superviseur, donc je n'ai pas à
revenir en arrière

encore une fois, pensa Erik.

Bien qu'Erik savait que les femmes peuvent être fortes
contrôle hormonal et prendre des décisions là-bas, car une
femme est toujours sous contrôle hormonal quel que soit
son âge.

Ensuite, la mère d' Erik a le secret, ce qui signifiait qu'elle
avait un devoir de secret même pendant son temps
libre. Pour le prêtre tu l'es toujours, et c'était un peu
rassurant quand Erik y pensait.

Le superviseur était un peu plus problématique et pouvait
facilement ramener Erik à la vache, si elle sentait qu'Erik
était en train de commettre un crime, ou quelque
chose comme ça pendant son temps de surveillance, et
comment pourrait-elle interpréter cela avec le vendeur de
maison autrement?

Maintenant, elle savait juste qu'Erik était en colère contre
le vendeur de la maison et lui avait lancé un marteau,
quelque chose d'autre qu'elle ne savait pas pour le
moment.

En principe, cet événement avait été plus que suffisant
pour pouvoir à nouveau verrouiller Erik.

Même si elle ne l'avait pas´ fait, Erik le savait car elle
avait une grande patience et qu'elle voulait que ça aille
bien pour lui.

Quand il s'agissait du vendeur de maison, il ne voulait
pas, essayer la patience des superviseurs, espérer le
meilleur et rester à l' écart du slammer.

Mère appelé Erik sur le mobile, et je me demandais comment il était aujourd'hui après oui terday, elle ne savait pas ce qui était hap Pend hier soir.

 - Oui, c'est très bien, dit Erik.
- Tellement bon, dit la mère.
- Erik, ils ont appelé de la compagnie d'assurance et m'ont dit que la police avait trouvé ma voiture à l'extérieur de Göteborg, et c'était bien, dit la mère.

Considérant que vous aviez les clés dans votre jean Erik. En tant que mère, ça fait du bien que tu ne sois pas impliquée dans ça avec la voiture, mon fils. Puisque vous êtes si fidèle à votre propre Morsa, Erik est absolument merveilleux! Tu es vraiment un fils dont une mère peut être fière. C'est tellement bon qu'on ne peut pas le décrire, a-t-elle dit.

Erik comprit qu'elle juste était sarcastique, et qu'elle voulait pêcher un peu au sujet hier. Erik ne savait pas quoi lui dire.
Il a juste essayé de mettre fin à la conversation avec sa mère, mais il semblait qu'elle essayait de continuer, en posant des questions suggestives, auxquelles Erik était difficile de ne pas répondre.
Ensuite, la mère a dit qu'elle avait parlé à son superviseur et qu'elle voulait le rencontrer, c'était amusant, dit-elle.
- Mère! Dit Erik.
- Maintenant, vous avez tous de mettre la conversation avec mon superviseur vers le bas, et dire qu'elle devrait venir me voir. Même si vous parlez de mère, c'est une superviseure qui travaille pour l'État.
- Erik. Je comprends. Dit la mère.
- Je veux juste que tu puisses avoir une bonne vie, nouveau

contacts, donc cela peut conduire à un emploi, et vous devenez une personne ordinaire comme tout le monde.

- Oui! Je comprends cette mère, dit Erik.

Même si vous voulez que j'obtienne de nouveaux et bons contacts, vous ne pouvez pas vous dépêcher comme vous le faites maintenant.

- Pourquoi? Dit Mère.

- Parce que je n'ai pas le temps de nettoyer mentalement, dit Erik.

- Comment veux-tu faire alors? Dit m autre.

- Je ne sais pas. Répondit Erik.

La mère est probablement devenue un peu aigre et agacée quand Erik ne savait pas, comment il voulait faire de sa nouvelle vie.

Parce que ça ne peut pas être que tu devrais être dans le froid pendant 20 ans, puis redevenir normal en quelques semaines, donc ça ne le sera peut-être pas, pensa Erik.

La mère d'Erik mettrait soudainement fin à la conversation, qui était maintenant apparemment devenue l'avantage d'Erik. Ils ont terminé, avec beaucoup de questions que les deux avaient probablement.

Oui. C'était une conversation étrange, pensa Erik.

O bien sûr mère veut le meilleur qu'elle a pour moi, même si, selon moi, un peu pressé avec certaines choses, pensa Erik.

Il a pensé à une situation similaire que sa mère pourrait faire, pour comprendre.

Erik a pensé ce qui suit:

Aujourd'hui, nous allons dans la forêt, nous nous endettons et tirons sur une personne dans la rotule.

Ensuite, nous prendrons un petit café…

Dans l'après- midi, nous mettrons simplement un peu de
graisse sur le front d'une personne, puis nous sommes
libres pour la journée.
C'est une très bonne journée, maman!

Je pense qu'elle avait un peu mieux compris alors, pensa
Erik, et même si elle a de bonnes intentions, ce sera
complètement faux.

Il était difficile de voir ce qui serait fait. Sa mère voulait
juste améliorer la vie de son fils et c'était difficile de faire
ce travail.

Erik a choisi de regarder dans un journal que sa mère
avait, afin de dissiper ses pensées. Oui c'était
beaucoup de choses auxquelles il avait vraiment besoin de
réfléchir, mais non, Erik ne pouvait pas s'impliquer, pour
le moment il voulait juste se détendre, et ne se souciait
pas pour une fois, même si cela avait étune bonne chose à
faire.
Erik a regardé un peu dans les journaux et sur un, film
que maman avait à la maison.
Il s'est endormi au milieu du film et s'est réveillé par
quelqu'un qui a déverrouillé la porte d'entrée.
Ce doit être la mère, pensa Erik. Qui ne s'était pas, encore
réveillé correctement.
Il venait d'ouvrir les yeux et restait dans le fauteuil sans
vouloir en sortir.
Cela n'a pris que quelques secondes, alors sa mère a crié
qu'elle était de nouveau à la maison. Erik pensa que c'était
bien, car maintenant il pouvait à nouveau fermer les yeux
et s'endormir. Il était tellement fatigué, et même s'il savait
que s'il se rendormait à nouveau, cela lui donnerait des
problèmes de sommeil le soir, alors il aurait bientôt tourné

la journée, et il ne voulait pas, même si cela avait été
sympa dormir.

Sa mère est entrée dans la pièce et a parlé à son fils de
quelque chose qu'Erik n'avait pas du tout entendu. Il a
Presque dormit, mais lui répondit de simplement
marmonner quelque chose, et elle entendit qu'il
n'était pas réveillé.
Après ce qu'Erik a pu entendre, sa mère est sortie dans la
cuisine, ses yeux étaient trop lourds pour s'ouvrir, et pour
le moment, il valait mieux dormir, ou simplement se
détendre, après tout ce à quoi Erik devait penser, et avec
tout ce qui s'était passé.

Chapitre 15

Erik s'endormit pendant un moment et entendit sa
mère appeler au loin que la nourriture était prête. Ça
sentait très bon, pensa Erik quand il avait pétillé. Vous
vous demandez ce que maman á fait. Cela peut être
passionnant à voir et à goûter, et Erik était curieux.

Maman avait fait du ragoût de poulet et Erik l'aimait
beaucoup. Il vient d'être utilisé pour la Slammer
la nourriture, donc il était particulièrement bon de manger
la nourriture e à la mère l' avait fait.
Elle était généralement très bonne en cuisine et Erik le
savait et a commencé à s'habituer à sa nourriture. N'eût
été parce qu'elle pouvait parfois être dure, il aurait aimé
avoir un meilleur contact avec sa mère, qui pourrait alors
lui faire de la nourriture tous les jours. Elle pouvait
simplement congeler la nourriture et la mettre dans son
congélateur.
Oui, c'était une bonne idée, pensa Erik, mais ma mère ne
l'accepterait pasparce qu'elle travaille à plein temps, mais
ça aurait été bien, pensa Erik.

Ils se sont assis à table et ont mangé de la nourriture, qui
avait un goût parfait, et pas du tout comme celui
du slammer auquel Erik était habitué pendant de
nombreuses années, et où l'on dit que la nourriture est
bonne, même si elle est à la fois gris et insipide.
Ils disaient que nous avions une meilleure nourriture que
les retraités qui ont bâti cette société. Ensuite,
vous pouvez dire calmement que ce sont des conneries
totalement qualifiées, car si nous avions une meilleure
nourriture que les retraités, alors je me demande comment
leur nourriture a l'air et le goût, pensa Erik qui était
pensif.

Quand ils ont mangé, ils sont tous les deux apparus hors de la table, donc pas La mère devait tout faire, pensa Erik. Il était maintenant temps de s'asseoir sur le canapé et de regarder la télévision.

Erik se demanda si sa mère lui demanderait des choses auxquelles elle avait pensé, ou si elle ne ferait que l' ignorer, car rien ne s'était passé. Maintenant, Erik ne pensait pas qu'elle le ferait après la note qu'elle avait écrite avant d'aller travailler le matin.

Sa mère est venue et s'est assise sur le canapé quand elle était prête dans la cuisine, et avait mis la nourriture qui était dans le frigo.

Erik ne voulait rien soulever, car il y avait alors un grand risque qu'elle se mette à poser des questions.

Très vite, lorsqu'elle s'était assise sur le canapé, elle a au moins commencé à poser des questions gênantes, et Erik pouvait dire qu'il semblait que ce soir entrerait dans les personnages des questions.

Mère a commencé à demander à Erik pourquoi il avait conduit une voiture alors qu'il ne l'avait plus.

Puis elle se demandait pourquoi je ne l' ai pas dit que j'ai les clés de la voiture quand ils étaient dans la poche de jeans Erik?

- Comment ça peut être mon fils? Se demanda la mère.

- Maman, oui j'ai conduit une voiture parce que j'avais besoin de le faire, pour pouvoir rencontrer des amis, dit Erik.

- Mais Erik, dit la mère.

Vous savez que vous ne pouvez pas conduire, mais de toute façon, vous le faites et vous avez une surveillance. Ne comprends-tu pas´ que le vôtre le superviseur peut vous mettre à nouveau, dit-elle.

- Oui, je le fais, mais elle daine sn't, elle ne sait pas quoi
que ce soit au sujet de ce. W hy aurait - elle me
mettre dans de l' Slammer à nouveau? Demande Erik.

- C'est comme ça, Erik! Dit m autre.

J'ai invité ici votre superviseur à 18 heures ce soir, afin
que nous puissions régler le problème une fois pour
toutes! Dit m autre.

- Mère! Dit Erik.

- Vous avez un devoir de secret et vous ne pouvez rien
dire à une autre personne, ce n'est pas possible.

- C'est vrai mon fils, j'ai le secret total, mais il á aussi ton
superviseur.

Elle travaille dans l'Église suédoise en tant que diacre et
votre mère est vicaire.

On ne peut pas aller à une tierce personne avec ces
information que je connais. Lorsque nous nous parlons, ce
qui est dit est confidentiel et le service de santé
publique ne peut pas obtenir cette information. Même si
votre superviseur travaille pour le centre de soins, alors
vous pouvez dire que vous voulez parler à votre diacre, et
alors elle ne peut pas dire à l'insouciant ce qu'elle sait,
mon fils.

- Mère! dit Erik.

Comprenez-vous que ce sera un problème pour moi si je
dis à mon superviseur que je conduis, et même si
elle ne peut pas le dire au fournisseur de soins de santé
public, alors elle sera triste et est probablement plus active
qu'elle ne l' a fait été avant.

- Oui, comprends mon fils!

Maintenant, je ne veux pas vous rendre visite sur plus
d'établissements que je n'en ai fait, et maintenant je sens
que vous pouvez choisir votre camp, comment faire de
votre vie.

- Tu ne peux pas´ faire cette mère! Dit Erik.
- Oui, je peux, car je n'ai pas de fils que j'ai sur le
capot, et je veux que vous compreniez qu'il doit obtenir
un certain temps de fin dans la vie, il fore votre
superviseur arrive à 6,00 h, pour voir ce que nous
pouvons faire.
Vous pouvez choisir de partir, ou vous restez ici pour que
nous puissions régler le problème d'une bonne manière, a
déclaré la mère.
- Oh merde! Pensa Erik.

Comment pourrait-il maintenant pouvoir venger l'idiot
alors que deux femmes auraient apparemment parlé
ensemble? En fait, la mère n'était pas au courant de la
vengeance elle-même, mais seulement de la conduite
illégale. C'était la raison pours laquelle mae l' avait
obligée à parler au superviseur, et qu'il avait menti sur les
clés de voiture qu'Erik avait dans son jean.
La mère d'Erik ne le savait plus, alors peut-être était-il
possible de le résoudre après tout, pensa Erik.
Maintenant, il était 18 heures, et le superviseur est venu
d'une minute à l'autre pour parler à Erik de cette affaire.
Erik pensa en lui-même que la conduite illégale n'était pas
si grave, alors le superviseur devait s'y rendre.
La montre avait maintenant un peu plus de six heures et
le superviseur est entré. Elle s'est excusée auprès de la
mère d'Erik, qui était son directeur au travail, car elle était
un peu en retard, et a expliqué qu'elle avait eu un petit
problème avec sa voiture, et en retard. Elle est entrée dans
le couloir et l'a pendue
vêtements d'extérieur, pour ensuite entrer dans la grande
salle, où Erik et sa mère étaient assis.
 Le superviseur s'est assis sur le canapé et la mère d'Erik a
gentiment demandé au superviseur si le voyage s'était
bien passé. Cela avait été le cas, a déclaré le superviseur.

- Tellement bon! Dit mère.

Maintenant, sa mère a commencé à raconter au superviseur ce qui s'était passé, et elle n'a probablement rien manqué dans l'histoire, et elle a terminé avec le fait qu'elle voulait que son fils choisisse comment il voulait vivre sa vie, maintenant et dans le futur.

- Oui, toi Erik… dit le superviseur.

Alors vous conduisez? Tu ne peux pas´ faire ça, tu sais. Alors vous avez enfreint la loi dans un, double sens. Erik, vous avez une surveillance et je veillerai à ce que vous ne violiez pas la loi ou que vous n'enfreigniez pas la loi sous votre supervision, mais vous choisissez de le faire. Ma question est donc assez posée.

- Pourquoi?

- Comme je l'ai dit à ma mère, c'était pour rencontrer des amis ... et je ne pourrais pas´ faire ça sans conduire une voiture, répondit Erik à son superviseur.

- Maintenant, je suis un peu curieux de moi, mais pourquoi n'avez-vous pas ramené la voiture chez vous alors, se demanda le superviseur?

Alors je me demande clairement comment vous êtes rentré chez vous, et pourquoi la compagnie d'assurance a-t-elle appelé votre mère pour lui dire qu'elle avait trouvé la voiture qui avait été signalée?

-Ce qui est étrange, pensa le superviseur d'Erik, qui examina attentivement toute la situation. La mère d'Erik s'est retournée contre elle et elle s'est également demandé comment tout s'était passé.

Maintenant, ils attendaient tous les deux une bonne réponse d'Erik, comment cela s'était passé, mais il ne savait pas, comment leur expliquer.

Erik a pensé qu'il était préférable de garder quelques
détails o utside cette histoire, parce que s'il était tout dire
au superviseur alors qu'il aurait été bloqué et connu
un essor nouveau.
Il était maintenant temps de réfléchir vite, pour que ces
femmes ne deviennent pas complètement méfiantes et
commencent à presser Erik
avec beaucoup de questions.

 Erik a choisi de dire au m qu'il ne pouvait pas répondre
aux questions sans mettre une autre personne dans la
merde.
- Erik! Dit Mère.
Maintenant, vous avez tout pour décider! Il vaut mieux
que vous mettiez une autre personne en difficulté que
vous-même, Erik.
- Non, ce n'est pas le cas, et je ne vais pas´ faire ça, alors
tu sais.
- Erik! Dit le superviseur.
Si vous le dites, vous ne me laissez pas le choix et je dois
agir en tant que superviseur. Je dois vous mettre en garde
à vue en attendant une décision de la gratuité, j'espère que
vous comprenez.
La mère d'Erik a regardé avec des yeux noirs
le superviseur d'Erik qui á essayé de faire enfermer son
fils à nouveau parce qu'il aurait pu enfreindre la loi.
- Faut-il vraiment aller aussi loin Erik! S aide mère.
Je t semble mensonge que, dit Erik.
La mère d'Erik voulait parler au superviseur d'Erik dans
une pièce de la cuisine, quand elle voulait savoir ce qui
allait se passer.
Erik savait qu'il n'était pas possible de prouver qu'Erik
avait volé une voiture, et avoir quelques clés de voiture
n'est pas illégal, même si elles sont dans son jean. Il ne
restait plus qu'à Erik pour rester calme, sans se précipiter.

Chapitre 16

La mère et le superviseur sont de nouveau sortis de la
cuisine, et la mère á expliqué que le superviseur voulait
qu'elle revienne libre et que la probation devait décider de
ce qu'il adviendrait de la punition.

Pendant ce temps, Erik a été mis en attente et a attendu ce
qui allait se passer. Il n'était pas nécessaire de tenir une
audience de détention alors qu'Erik était déjà condamné,
et n'avait à siéger à l'arrestation que pendant quelques
jours.

Alors tu connais mon fils si tu ne veux pas expliquer ce
qui s'est passé, alors le superviseur a compris.

-Pas de mère, je ne ferai pas ça, donc ça doit être
une garde pour moi, dit Erik.

- Quoi! dit mère.

Comment pouvez-vous choisir l'arrestation mon fils?

- Eh bien, je le fais, parce que je ne vends pas mes amis,
alors je préfère la garde plutôt que de faire ça.

Le superviseur nous a dit que la police vous conduirait à
la garde à vue, et vous y serez assis pendant le temps, que
la probation prend une décision concernant votre peine.

- C'est calme, dit Erik.

Il a commencé à s'ajuster pour s'asseoir sur
la garde. C'était un peu différent, maintenant qu'il était
assis là. Lorsque vous êtes assis là, vous êtes considéré
comme innocent devant l'échec du jugement de première
instance, et vous avez reçu la force juridique comme on
l'appelle.

Maintenant, Erik n'était pas détenu selon la loi, mais
devait siéger là pendant la probation, et peut-être l'unité
de placement, décidait-elle de la prison dans laquelle Erik
siégerait.

Le superviseur á appelé la police, elle la voulait

Le client est pris en charge pour être arrêté lorsqu'il a
enfreint la loi lorsqu'il est surveillé. Il n'y avait plus rien
d'autre à faire que d' attendre le flic qui
viendrait chercher Erik, pour l'emmener en prison, ce qui
ferait partie de sa vie historique.

Maintenant, apparemment, ce voyage n'était pas fini
quand il remontait, et Erik était capable de faire les
procédures, qui étaient dans l'arrestation, donc ce ne serait
pas si dramatique, et le superviseur avait appelé
l'arrestation, alors ils savaient comment tout était.

Lorsque vous purgez votre peine en tant que personne, on
peut retourner en détention sans audience de détention
devant un tribunal de district, alors vous n'avez pas les
mêmes droits que les autres. C'était quelque chose qu'Erik
savait, et n'en a pas´ fait beaucoup.

Au bout d'un peu moins d'une heure, les flics sont venus
chercher Erik. C'était un endroit qu'il connaissait
vraiment, et savait comment tout fonctionnait chaque
jour, et maintenant les piliers de l'arrestation savaient qu'il
viendrait une personne qui pourrait les routines.

Les flics venus chercher Erik le connaissaient. Il n'était
pas directement inconnu des flics, et il était clair qu'ils se
demandaient pourquoi ils allaient chercher ce vieux bus?

La mère et le superviseur ont jeté un coup d'œil, où ils
étaient espérait qu'Erik expliquerait pourquoi il avait fait
ce qu'il avait fait, mais c'était totalement inutile quand

Erik pensait qu'il rentrerait à la maison, et où il y avait un ensemble de règles qu'il pouvait vraiment.

Beaucoup de gens s'étaient sûrement repentis ou tristes que cela soit devenu comme ça. Ce n'était certainement pas Erik, car il était en route pour la détention qui ressemblait plus à une maison, malheureusement.

Erik vit que sa mère essuyait ses larmes sur sa joue. C'était difficile de voir sa propre mère triste, mais Erik n'a pas vendu ses amis aussi facilement, et certainement pas pour les larmes.

Les flics parlaient au superviseur d'Erik lorsqu'ils l'ont mis dans la voiture. Les portes étaient verrouillées pour qu'Erik ne puisse pas sortir. Ils restèrent debout quelques minutes et se parlèrent, probablement de la raison pour laquelle Erik serait à nouveau arrêté. Un museau avait une grande expérience de la carrière d'Erik dans le marais criminel, et se demandait pourquoi il y retournerait quand Erik avait dit qu'il finirait avec cette merde, une fois pour toutes.

Le museau avait vraiment l'air à la fois déçu et curieux, quand Erik le regarda depuis le siège arrière de la voiture de police dans laquelle il était maintenant assis.

Le museau Anton avait probablement espéré ne plus jamais revoir Erik en motoneige.

Maintenant, Erik ne savait pas avec certitude si le flic Anton avait ces espoirs, c'était de pures suppositions de la part d'Erik, mais il avait l'air déçu de son regard.

Lorsque le superviseur et les flics au bout de 5 minutes ont fini de parler, les flics ont sauté dans la voiture, et pendant que l'un d'eux démarrait la voiture, le flic fit monter Anton qui s'assit du côté passager pour poser quelques questions à Erik sur ce qui s'était passé.

Erik pensait qu'il savait très bien, quand il avait parlé

au superviseur d'Erik, maintenant il voulait probablement juste entendre l'histoire d'Erik, s'il avait quelque chose ...

Comme d'habitude, Erik ne disait rien à un flic, car ce n'était même pas sur la carte, même si le flic Anton voulait connaître l'histoire d'Erik. Maintenant le museau a remarqué que ce n'était pas possible

Obtenez des information d'Erik, bien qu'il le sache probablement depuis le début, mais il a continué d'essayer d'obtenir des informations, sans succès.

Le museau a ensuite changé de stratégie, et a parlé un peu de lui-même et de la façon dont la police regardait le désordre.

Le museau Anton nous a dit qu'ils n'avaient aucun respect pour les petits buissons, ou les toxicomanes qui ne sont absolument pas fiables, et où leur réponse est guidée par la quantité de drogues qu'ils ont dans le corps, et qu'il ne veut pas laisser d'informations quand ils ont des drogues dans leur corps. Après quelques jours dans une cellule sans drogue, ils aimeraient vous dire comment tout s'est passé, et ils aimeraient mettre beaucoup de gens, qu'ils ne veulent pas faire, et nous connaissons la police, comme il l'a dit.

Erik se dit que c'est pourquoi nous sommes réels les bus ne veulent pas avoir de chevaux à faire, quand ils ne peuvent pas´ faire un voyage psychédélique, alors ces gens deviennent très peu fiables. Lorsque de tels effets psychédéliques sont des changements visuels et auditifs, des hallucinations, une confusion des sens, des expériences de beauté fortes, une désintégration de soi et un sentiment d'unité, des expériences religieuses et une confrontation avec le subconscient. L'intoxication psychédélique est souvent très intense, avec un flux constant de couleurs, de pensées et de sentiments. Alors vraiment une telle personne commence à chanter comme

un mauvais canari, donc nous faisons des bus organisés
ne font pas´ affaire avec ces gens peu fiables.

-Nous, la police, avons vraiment du respect pours vos
vieux bus, qui ont perpétré le crime organisé, vous savez
plus que le jeu est terminé lorsque vous êtes arrêté.
- Oui, dit Erik, il ne faut même pas résister quand on se
rend compte que le jeu est terminé.
- Non, je sais, dit le flic Anton.
- Erik? Dit Anton.
- Oui, dit Erik.
Votre superviseur a dit qu'il y avait quelque chose avec un
marteau que vous aviez lancé, n'est-ce pas?
- Pas un peu, dit Erik.
- Eh bien, dit le flic Anton.
- Erik, dit le flic Anton, pourquoi as-tu cette attitude alors
que tu as arrêté avec cette merde? Il s'est demandé.
- Anton, tu sais que je ne veux pas en parler, et
maintenant tu essaies encore, je ne suis pas un
suppliant intérieur, alors abandonne tu es gentil, dit Erik.
- J'ai remarqué que les rayures sont en place, dit
le flic Anton avec un, regard qui semblait ennuyé, comme
Erik l'a vu dans le rétroviseur, d'où il était assis sur la
banquette arrière.
Maintenant, nous étions en garde à vue, et la voiture était
devant la porte que le gardien central devait ouvrir
de l' intérieur, il a donc fallu un, certain temps avant
qu'Erik ne soit dans la prison.

La plupart des gens avaient probablement une fréquence
cardiaque légèrement plus élevée quand ils savaient qu'ils
allaient entrer ici, ce n'était pas Erik qui souffrait, il
pensait juste que ce serait bien pour qu'il puisse se
détendre et dormir un peu.

Tellement bizarre que tu es comme une personne, pensa Erik. Quand tout le monde hyperventile, je pense juste que ça devrait être agréable et que je veux juste dormir, les autres se retournent et ne dorment pas du tout. Oui, pensa Erik, quelque chose ne va pas me suffit quand je le pense.

Maintenant, le garde central ouvrit la porte et la voiture de police entra dans le garage qui se trouvait à l'intérieur de la porte. Là, une porte de garage s'est ouverte pour que la voiture puisse entrer. Les portes ne s'ouvrent pas aux flics, tant que la porte du garage était ouverte, vue trop hypothétique, le bus peut s'échapper, et il ne voulait pas de l'autorité.

Maintenant, Erik était au courant de la routine et s'est assis tranquillement dans la voiture, quand les flics ont fait leur travail et ont suivi les règles en vigueur.

Quand la porte du garage était baissée, les flics ont ouvert les portes, et Erik pouvait descendre de la voiture et entrer à l'arrière du poste de police où il se trouvait maintenant.

Un flic marchait devant lui, et un derrière lui, et ils se dirigèrent vers l'ascenseur qui le conduirait à la garde à vue au 5e étage.

Quand ils sont arrivés, Erik a rencontré certains des gardes qu'il avait vraiment agenouillés, et ils avaient l'air interrogés quand il est revenu. Erik a entendu comment la gardienne soupirer en disant qu'il était de retour, et ils ont certainement vu cela comme un gros échec, et ce n'était pas directement conforme aux directives correctionnelles.

- Mais Erik, dit l'homme féminin, -Que fais-tu ici?

-Oui, dit Erik, je vérifierais juste un peu la situation, donc tout allait bien, avec un clin d'œil.

- Erik, tu peux plaisanter sur des choses que les autres
avaient pleurait, dit la gardienne.
- Oui, tu dois t'amuser un peu, dit Erik.
- Oui, tu es comme toi, dit l'homme féminin.

Enter la salle afin que nous puissions écrire vos choses et
les mettre dans une armoire de sécurité, alors vous devriez
obtenir de nouveaux vêtements, le mâle garde a dit avec
un ton sévère dans sa position de voix.
- Tu as un putain de garde PMS? Je ne pensais pas, que
vous pouviez l'avoir, mais apparemment.
- Erik, pars maintenant! Dit la gardienne. Elle comprenait
le garde masculin, et Erik s'est engagé sur une trajectoire
de collision.
La femme guad a demandé à son collègue masculin de
changer avec un autre garde, sinon ce ne serait pas bien.

Chapitre 17

Erik était déjà de mauvaise humeur à cause de ce putain
de garde. Maintenant, la situation était assez tendue entre
ces deux-là, et c'était un miracle que cela ne soit pas
allé au corps à corps.
Le gardien de sexe masculin est sorti de la pièce et il est
rapidement entré dans un nouveau gardien dans la salle,
lorsque les gardiens n'ont pas eu à travailler seuls c'est
pour des raisons de sécurité qu'il y avait dans le règlement
correctionnel.
Donc vraiment, la gardienne ne devrait pas être seule avec
Erik, mais cela prendra un, certain temps avant que la
nouvelle garde n'entre.

Maintenant, ils étaient de nouveau deux, et Erik pensa que
le nouveau garde était un peu mieux, mais il était difficile
de savoir quand si peu de temps s'était écoulé. Il semblait
avoir une manière légèrement plus amicale que l' autre, du
moins c'était l'impression qui était actuellement avec
Erik. Maintenant, la nouvelle garde était sur le point de
passer par, le portefeuille d'Erik et ce qui était là, parce
qu'il serait Regist évalué, et que Erik obtiendrait un papier
sur lequel il avait signé.
Parce que quand il quitterait l'arrestation, tout ce qui
figurait sur le papier resterait, donc vous saviez que rien
n'avait disparu.

Erik était dans la salle de sécurité et avait changé les
vêtements du service correctionnel, comme l'avait déclaré
KV, pour dire le service des prisons et de la probation, et
qui s'appelait auparavant le service des prisons et de la
probation, puis KVV.

Maintenant, Erik se tenait avec deux gardes dans la pièce
qui étaient assez petites. Il y avait deux bancs à droite, et
devant eux il y avait une cloison avec une petite table,
puis il y avait beaucoup d'armoires qui étaient des
armoires de sécurité.

Il y avait une porte qui allait sur un étage, et à gauche il y
avait des toilettes que le détenu pouvait utiliser au besoin,
puis c'était seulement la porte qui ressortait, donc c'était
une pièce plutôt petite.

Juste au moment où Erik se leva et attendit, le putain de
garde arriva qu'Erik n'aimait pas. Il entra dans la pièce et
regarda Erik et dit - N'est-ce pas le criminel relégué?

Ces mots n'étaient pas du tout intelligents à dire à
Erik. Maintenant que les choses se passaient chez Erik, il
était vraiment énervé sur le putain de garde. Il sauta par-
dessus la partition pour, grignoter correctement cette
pièce en se rapprochant de lui. Quand il s'est approché, il
a eu quelques vraies gifles, qu'Erik pensait qu'il valait
plus que ça, et ne voulait pas arrêter de battre cet
imbécile. Il avait vraiment besoin de tirer une leçon de la
vieille école.

La garde féminine a crié fort à Erik d'arrêter de le frapper,
et en même temps elle a déclenché l'alarme d'assaut qu'ils
avaient sur la chemise. Il y avait beaucoup de gardes
qui couraient, ce qui éloignerait Erik
du garde vulnérable qu'Erik battait constamment. L'un

des gardes qui est entré dans la pièce avait sorti sa
matraque ASP qu'il a frappée sur les jambes d'Erik, et cela
n'a fait qu'énerver Erik plus, ce qui a maintenant
violemment frappé le bord.

Maintenant, il y avait 5 gardes dans la pièce et il devenait
difficile pour Erik de continuer alors qu'ils étaient si
nombreux. Ils

a éloigné Erik du garde qui a reçu les gifles, et en même
temps Erik a reçu de nouvelles gifles de cette matraque
ASP, et cela fait du mal.

La porte a été tirée vers le haut et est entré l' officier
de contrôle, qui était également très en colère contre la
situation qui se produisait, sous sa garde. Il voulait que
tous ses collègues quittent la pièce, et c'était étrange,
pensa Erik, puisque personne n'est autorisé à faire un seul
travail? Mais maintenant, il voulait apparemment que
ceux-ci quittent la pièce, étrangement, pensa Erik.

Erik était assis sur l'un des bancs avec
des chaînes derrière le dos, et dans cette position, seules
les chaînes devaient s'asseoir, si la situation l'exigeait, et
Erik avait été agressif contre le garde. Il n'avait pas non,
plus de papiers fantaisie, qui disaient qu'il était antisocial
et extrêmement violent si nécessaire.

Il n'a eu aucun problème avec la violence, même si cela
s'est amélioré avec la violence.

Maintenant, les autres gardes avaient quitté la pièce, et
l' officier de direction a demandé si Erik s'était calmé,
parce qu'alors il pourrait déverrouiller les chaînes? Il a
soufflé du sang de son nez, et un peu de sa lèvre
inférieure, depuis qu'il s'est battu avec le garde.

- Nous avons de nombreuses années ensemble de chaque
côté de la loi, mais nous avons construit une sorte de

confiance les uns envers les autres, alors que dites-vous
Erik?

- Oui, dit Erik, c'est complètement calme.

- Qu'est-il arrivé? Dit le dirigeant, qui commençait
maintenant à déverrouiller les chaînes d'Erik, afin qu'il
puisse essuyer le sang qui coulait.

- Eh bien, ce garde n'est même pas´ sec derrière les
oreilles, et était un vrai cavalier de paragraphe qui serait
arrogant et s'en tenir aux règlements. Ensuite, je suis
énervé, s'il ne peut même pas montrer une petite sensation
du bout des doigts. Comment diable devrait-il fonctionner
alors. Il avait à peine eu sa première couche quand j'étais
dans les rôles correctionnels, et je pourrais être son
père! Tellement arrogant était le fou.

- Hey! C'est de mon collègue dont vous parlez.

- Oui, tu vois ce que je veux dire, dit Erik.

- Oui, oui, dit le directeur général.

- Vous comprenez que le détective doit rédiger un
rapport sur ce qui s'est passé Erik?

- Oui.

- Oui, pour cet événement sera dans vos papiers, que vous
vous êtes rendu coupable de mauvais traitements flagrants
d'un fonctionnaire avec un témoin de l'incident, et ce n'est
pas du tout bon pour vous Erik.

- Oui, mais c'était un vrai cavalier de paragraphe, alors
que ferais-je alors? Clairement il aurait une gifle!

- Mais Erik, c'est juste toi qui es affecté par ça, et tu ne
sembles même pas te déranger, alors pourquoi devrais-je
faire ça, dit le dirigeant qui était prêt à le déplacer
immédiatement dans un autre centre de détention.

- Tu me bouges? Quand c'était l'idiot qui était arrogant
de moi! Cela semble complètement faux! Dit Erik.

- Maintenant c'est moi qui le décide, pas toi Erik, et si je
pense que c'est nécessaire, je peux te déplacer à cause de
la sécurité, qui devrait pouvoir être maintenue sans cause.

- Clairement, vous pouvez le faire! Dit Erik. Vous blâmez toujours la sécurité, alors vous pouvez faire ce que vous voulez, quelque chose de rare, a déclaré Erik qui se sentait un peu ennuyé par ses propos sur la sécurité ...
- Je t'emmène dans ta cellule pour t'asseoir en Erik, et b arce que vous avez une fois de plus été violent dans le service correctionnel, vous devez vous asseoir sur l' isolement cellulaire.
- Quoi? Dit Erik.
- Oui, dit le VB, vous comprenez certainement, vous n'êtes vraiment pas quelqu'un qui est dans sa virginité, plutôt sur votre chor nous dans le service correctionnel. Ce sera donc l' isolement cellulaire de votre part Erik.
- C'était amusant, dit Erik, ennuyé d'être puni pour la foutue déclaration des gardes. Mais Erik n'a pas été surpris de l'action correctionnelle. Très courant avec les punitions collectives au sein de l'autorité, Erik a pensé à l'endroit où il s'asseoirait, alors qu'il avait été sous cette garde à plusieurs reprises au fil des ans.
- Alors on y va, dit le dirigeant, et Erik se leva, je dois te mettre des fers, puisque tu as été très agressif envers l'employé. Erik rassembla ses mains et attendit qu'il remette ses chaînes.

Le dirigeant a mis les chaînes un peu lâches, plus symboliques, pensa Erik, puis poussa le dirigeant vers le bas du petit bâton qui repose sur les chaînes, ce qui signifie qu'il ne peut pas être pressé ensemble et pressé sur les poignets, puis ils sont tous les deux partis. par la porte.

Chapitre 18

Maintenant, Erik sentait que les routines étaient dans
l'épine dorsale quand il s'est automatiquement arrêté
devant la porte lorsque le cadre supérieur a verrouillé la
porte de la salle de sécurité, puis ils ont juste marché dans
le coin, et il y avait la plomberie où tous les gardes étaient
assis.

Quand ils eurent passé cette expédition, le garde et Erik
rencontrèrent leurs yeux, puis elle reprit sa course. Erik
était juste à l'extérieur de l'expédition et complètement
déchiré dans la porte où se trouvait le garde, maintenant
cette porte était verrouillée, et le garde ne voulait pas
sortir. Il y avait d'autres gardes venant du département G
(département communautaire) en cours d'exécution et
aideraient l' officier excuif à faire entrer Erik dans
l'isolation. C'étaient trois hommes qui essayaient de faire
sortir Erik de la porte où se trouvaient les gardes. Erik a
été maudit sur la tête d'anguille qui s'y
trouvait. Le directeur général a dit à Erik qu'il se calmerait
vraiment s'il voulait rester en garde à vue, sinon ce serait
une garde complètement différente pour votre compte, et
ce ne serait pas du tout bon pour vous.

Erik essaya d'être un peu plus silencieux, mais il eut l' air complètement rouge quand il vit le garde, qui avait compris qu'Erik et lui n'allaient pas si bien ensemble.

Ils éloignèrent Erik de la porte, tandis qu'un garde ouvrait la porte voisine du couloir qui distingue les différents dépôts. Une garde a trois niveaux différents de départements. Maintenant, Erik devrait se rendre au département d'isolement, qui était le plus éloigné dans le couloir et sur le chemin, ils sont passés devant une cellule complètement vitrée, où des personnes qui pouvaient se blesser pendant latirant, s'assit ou s'ils ne pouvaient pas tendre la main aux gardes, une telle personne pouvait donc se faire attacher dans le lit qui était là. Puis s'est assis un détective à l'extérieur de la cellule.

Il y avait généralement un médecin qui prenait une telle décision si une personne était attachée. Le directeur général ne pensait pas qu'Erik serait attaché, bien qu'il ait été un peu trop salissant à son goût. Erik a dû s'asseoir dans une cellule d'isolement, se calmer et penser à ses péchés, a déclaré le dirigeant.

Maintenant, le dirigeant est arrivé à la cellule d'isolement dans laquelle Erik allait s'asseoir, et c'était un sentiment qui est venu à Erik quand il a déverrouillé la cellule. Il a retrouvé un calme dans son corps et un sentiment de maison qu'il n'était pas bon d'avoir, et même s'il avait été en détention, c'était aussi devenu une sensation très étrange à ressentir, pensa Erik.

Le simple fait d'entendre la porte de fer se refermer et se verrouiller derrière lui créa un, certain sentiment qu'il ne pouvait pas décrire. Une cellule n'est pas si grande, mais c'était peu confortable, selon Erik, qui sentait qu'il était chez lui dans sa cellule.

Il s'assit sur le bord du lit et regarda la cellule, ce qu'il avait certainement fait plusieurs fois au cours de ces années. Puis toutes les pensées qu'il avait commencées, et à quel point il pensait faire du mal à sa mère, et ces pensées n'étaient pas si drôles, même s'il se rendait compte qu'il n'y avait pas d'autres solutions à prendre, s'il ne voulait pas se séparer de son ami, Tobbe. Vendre son ami n'était pas du tout pertinent et n'était certainement pas une solution.

Erik n'avait rien à faire, car le but était sûrement de prendre un peu de silence. Il ne pouvait pas´ faire plus que s'allonger sur le lit de sa cellule, autre chose était difficile à faire. Quand Erik gisait là dans sa cellule, il pensa au soi-disant " coqs " qui a fait sa première fois à l'arrestation, et où il n'y avait rien à faire pendant les jours. Lorsqu'ils pouvaient rester assis là pendant longtemps, il n'était pas surprenant qu'ils se soient effondrés, s'ils étaient des gens faibles, alors qu'ils étaient habitués à être au centre de leurs amis, et semblaient très durs avec eux.

Oui, Erik avait beaucoup de pensées différentes sur la vie, et notamment sur sa mère.

Il pensait que vous devez avoir le chaos dans l'âme pour donner naissance à un guerrier et pouvoir accomplir ce que l'on pensait, même si cela lui faisait mal et lui faisait mal.

Sa mère apprécierait probablement qu'Erik le lui ait dit directement, mais il était difficile pour Erik de le mettre en œuvre.

Il a vraiment essayé d'obtenir une solution constructive, mais c'était difficile d'y arriver.

Erik serait détenu pendant un maximum de 72 heures, et le simple fait que la mère vienne ici signifierait qu'un formulaire de consentement doit lui être renvoyé chez elle. Il n'avait pas été terminé avant qu'il ne se rende à une salle comble, car cela prend deux à trois jours. De plus, le dirigeant doit traiter le cas avec le consentement de la visite et le numéro de téléphone donné, donc ce n'était même pas payé, pensa Erik.

Il y avait quelqu'un qui a ouvert la porte d'inspection de la cellule et s'est demandé s'il voulait de la nourriture. Maintenant, le cadre supérieur et un garde étaient venus dans sa cellule et lui ont donné un souper et un thermos avec trois emballages en plastique de café qu'il aurait dans sa cellule.

Oui, alors c'était encore comme d'habitude, pensa Erik. L'assiette avait un petit chariot avec du pain, des garnitures et d'autres boissons qu'elle pouvait avoir dans sa cellule. Erik est sorti et a pris un peu de tout ce qui était sur le chariot. Il n'y en avait pas tellement parce qu'Erik était venu pendant la journée, alors ils avaient appelé à la cuisine et avaient probablement dit qu'ils prendraient un peu de chacun sur le chariot.

Erik avait pris un peu de tout dans la voiture, et était retourné à sa cellule, et les gardes en ont profité pour dire bonne nuit, puis ils rentraient chez eux avant l'arrivée du personnel de nuit.

Maintenant, Erik était assis et a mangé sa nourriture, il a obtenu une télévision sur son portable alors t -
il telly compagnie gardé pendant qu'il mangeait.

Il pensait à toutes les mauvaises choses qu'il avait faites pendant qu'il était actif, il voulait oublier cela, même si l'endroit lui-même rendait difficile d'oublier ces années ennuyeuses.

Oui, vous ne pouviez rien y faire, c'était juste pour qu'Erik accepte la situation. Pour celui qui en était expérimenté, n'attendant que le personnel de nuit à venir, et qu'il se brosse les dents et se prépare pour la nuit, quand la soirée se terminera.

Le personnel de nuit est venu et a dit bonne nuit à tout le monde, et maintenant la journée était finie. Erik se sentait un peu agité et avait du mal à dormir, maintenant qu'il était de retour en prison, mais finit par s'endormir après bien des si et encore.

Maintenant c'était un nouveau jour pour prendre le chou, et les gardes sont venus avec le petit déjeuner comme d'habitude, et quand Erik l'avait mangé, la journée commençait.

Les gardiens sont venus chercher des plateaux, assiettes et couverts qui ont été utilisés par les détenus.

Pendant qu'un garde ramassait les assiettes, il demanda si Erik pouvait penser à s'asseoir avec un petit.

- Est-ce celui qui fait sa virginité, ou est-il juste triste et aspire à sa mère, demanda joyeusement Erik.
- Oui, toi Erik, il a probablement le mal du pays, dit-il en souriant, même si tu pourrais t'asseoir avec lui, Erik?
- Oui, je peux faire ça s'il se sent mieux.
- A quoi bon, dit le garde, et verrouilla la cellule d'Erik et repartit.

Chapitre 19

Au bout d'une demi-heure, le garde est venu avec
la personne qui va s'asseoir avec Erik. La première
impression qu'Erik a eue de cette personne qui est entrée
dans sa cellule était qu'il semblait très vieux, et ce ne
semblait pas être la première fois qu'il était engarde à
vue. Erik avait déjà pensé à cette personne quand il venait
d'entrer dans la cellule.
Erik l'a salué et il a dit qu'il était André, et que c'était la
première fois qu'il était engarde à vue.
Il aimerait oublier le temps passé ici, et si
vous pouvez vous asseoir ensemble, c'est une bonne façon
d'être normal.

Erik pensait qu'il parlait beaucoup pour se sentir mal et
avoir le mal du pays. Ensuite, c'était André âgé d'au
moins 50 ans, aussi gris qu'il était. Ses cheveux entiers
étaient assez gris, et même sa barbe de chèvre sur le
menton était un peu grise. Erik pensa qu'il lui semblait
difficile de parler à cette personne. Il s'est comporté de
façon étrange et, dans le cas habituel, on demande ce que

l'autre bus avec lequel tu co-siège á fait pour s'asseoir
en garde à vue.

Ces questions n'ont pas été posées par André à Erik, et
seul un tel acte était très étrange.

André était une personne assez bavarde, car Erik avait de
très mauvaises vibrations. André a dit avoir été détenu
parce qu'il était probablement soupçonné d'avoir frappé
un autre homme.

Erik se demanda si c'était une taverne et voulait savoir de
quoi il s'agissait.

- Oui, quelque chose comme ça, dit André, qui en même
temps regarda Erik, pour voir comment il réagissait. Cela
ne lui permit pas de faire plus facilement confiance à
André. Il y avait quelque chose à propos de cette
personne, et pour le moment, Erik ne savait pas, comment
se comporter comme André. Erik a demandé dans
quelles prisons il avait été assis, et il a dit qu'il ne s'était
pas assis auparavant.

- C'est la première fois que je suis arrêté, dit André.

Oui, il semble qu'il adhère à la vérité ou à une histoire
intriguée. Pour le moment, Erik avait du mal à savoir
comment gérer cette personne qui était entrée dans sa vie.

André n'a jamais demandé ce qu'Erik avait fait, ni fait une
allusion à cela. Il semblait être une personne très spéciale,
pensa Erik. Comment cela pouvait-il être, se demanda-t-il,
qui était vraiment surpris de la façon dont il se
comportait, et qui n'avait plus de mousse, beaucoup de
mousse. C'était plus qu'ils parlaient de choses de tous les
jours et de la façon dont était la nourriture lors de
l'arrestation.

Ce sont des discussions vraiment fades qui n'en ont
vraiment rien à foutre pour Erik. André s'assit sur un banc
qui s'assit avec le lit. Les gardes leur avaient donné une
chaise pendant qu'ils étaient assis ensemble, pour qu'ils

puissent jouer à un jeu ou simplement s'asseoir l'un en face de l'autre.

Erik essaya d'analyser André mais il le remarquerait, mais il faisait aussi quelque chose, et Erik remarqua qu'il regardait un peu souvent.

Pour se sentir mal, il était assez vif, la question était juste de savoir pourquoi, et Erik ne le savait pas pour le moment.

Ils se sont assis là et ont parlé pendant quelques heures, et bientôt il était temps de terminer. Lorsque les gardes sont arrivés à la cellule, disant que nous nous arrêterions dans les 5 minutes, il était à nouveau temps qu'André soit à nouveau reconduit dans sa cellule. Ils ont tous les deux fait taire quand les gardes étaient là, et ils ont réalisé que le co-sit est allé à la fin. André a commencé à se lever du banc sur lequel il était assis, et est allé à la porte de la cellule pours attendre que les gardes arrivent à la cellule. Etrange, une telle chose que vous ne nt faire si vous vous sentez mal, alors vous voulez parler aussi longtemps que possible, au lieu d'aller et d' attendre à la porte de la cellule, pensa Erik.

André était comme ça avec l'arrestation sans aucun problème, comme il l'avait dit, quand il est venu dans la cellule d'Erik.

Il y avait un sentiment difficile chez Erik, il ne pouvait pas voir, ni comprendre pourquoi André faisait ce qu'il avait fait pendant la journée, bien qu'Erik le voyait plus comme une personne qui faisait sa virginité, et que de telles personnes pouvaient se comporter étrangement, il y avait quelque chose. qui ne correspond pas à cette personne. Selon lui, il se sentait mal, mais sa façon de faire disait quelque chose de complètement différent, Erik pensa que c'était très réfléchi.

Le garde est venu chercher André dans sa cellule, on a
entendu dire que le garde était sur le point de
déverrouiller la porte de la cellule, et André était juste à
l'intérieur et a attendu gentiment.

Erik pensait qu'il montrait un côté sympa aux gardes, et
c'était seulement étrange. Dans l'ensemble, Erik pensait
qu'André était à la fois gentil et gentil avec les gardes.

Désormais, ces pensées ne restaient qu'avec Erik, même
s'il avait voulu savoir comment c'était, alors il n'y avait
que des pensées. Le garde avait maintenant déverrouillé la
porte de la cellule pour qu'André puisse sortir. Ils ont
dit au revoir à l'autre, et la garde à nouveau verrouillé.

Erik entendit comment André et le garde se parlaient, ce
qu'une vieille misère n'avait jamais fait. Il y avait des
règles claires qui disaient que vous ne parlez jamais à
un garde. Maintenant André l'a fait, et même s'il était
vierge sur le garde, il y a des choses que vous n'avez
jamais faites.

Erik sentit qu'il voulait faire signe à André pour qu'il
arrête de parler avec le garde. Maintenant, André et Erik
ne se voyaient pas, donc il n'avait pas été possible de lui
faire signe quand la situation était ainsi, mais Erik avait ce
sentiment, et lui dirait si l'occasion se présentait, et il
espérait vraiment.

Maintenant, les gardes allaient bientôt venir dîner, et la
journée s'était plutôt bien passée, et même si Erik avait
pensé à André, le jour était passé. Il fallut un certain
temps avant que le dîner n'arrive, et Erik se demanda
si Tobbe avait appelé son portable alors qu'il était en
détention. Après tout, il était de la vieille école, alors il a
supposé que c'était devenu " Line up on the line" si
l'autre épouvantard n'entendait pas parler de lui.

Vous n'appelez pas, et demander à d' autres personnes si
elles savaient ce Hap Pend immédiatement. Ensuite, vous

supposez que c'était des ordures, puis vous attendez que
l'autre épouvantard entre en contact d'une manière ou
d'une autre, quand il le peut.
De telles choses sont des règles complètement non écrites,
et ils vous connaissent comme un
vieil épouvantail. Lorsque vous jouez dans cette ligue,
vous n'avez aucune chance et ne prenez pas les choses
pour acquises lorsque les choses tournent mal ou
deviennent difficiles.

Ce n'était donc peut-être pas si étrange qu'Erik soit
comme il était, et avait ses valeurs que les gens ordinaires
n'aimaient probablement pas. Il était temps de dîner, et
Erik devait sortir au chariot de nourriture et chercher sa
nourriture. Il y avait beaucoup de nourriture, il y avait
deux wagons pleins.
Erik a compris pourquoi tous les A-puncheurs voulaient
être en hiver, ils ont à la fois de la nourriture et un toit au-
dessus de leurs têtes pendant l'hiver, sans parler de toute
la nourriture qu'ils avaient.

Ils étaient à manger trois fois par jour et à la
télévision avec toutes les fournitures dont une personne
pouvait avoir besoin. Il était donc clair qu'ils voulaient
avoir la tête en automne et en hiver.

Chapitre 20

Erik entra dans sa cellule avec sa nourriture et
s'assit. C'était indéniablement quelque chose qui lui faisait
avoir du mal à laisser tomber ses pensées autour
d'André. Cela ne correspondait tout simplement pas à ses
actions, comment cela pourrait être.
Erik avait un sentiment similaire qu'il avait sur cette Mme
Watson, sur laquelle il ne pouvait pas mettre la cerise sur
le gâteau. Erik commença à remettre en question ses
propres pensées et se demanda si le mot paranoïaque était
devenu un fait pour lui.
Il a mangé sa nourriture et a attendu que
les gardes récupèrent la vaisselle. C'était comme si la
journée était finie, même si c'était une soirée entière pour
frapper. Il a entendu que les gardes récupéraient le disque,
et bientôt ils sont venus et ont déverrouillé la porte de la
cellule, pour qu'Erik puisse renvoyer le disque. Erik
connaissait la plupart des gardiens de l'arrestation, et il y
avait un petit discours sur des choses
qui n'étaient pas importantes, c'était plus
un discours social, que le fait qu'il y avait du contenu dans
la conversation. Les gardiens ont pris le disque, et ce n'est

qu'après quelques minutes que la porte de la cellule d'Erik a été verrouillée à nouveau alors qu'ils ne faisaient que leur travail comme ils le faisaient tous les jours, et la personne arrêtée était sûrement heureuse que les gardes soient venus et aient rompu le silence, ne serait-ce que pour une minute.

Probablement beaucoup de gens ont été sauvés de l'effraction et de la perte de leur esprit, pensa Erik qui pensait que beaucoup souffraient d'être arrêtés. Tous les repas étaient assez similaires, et bientôt ils avaient distribué tous les repas de la journée. Erik regarda un peu la télé et se demanda ce qu'il allait faire le deuxième jour de sa garde à vue.

Erik n'avait presque rien à faire ou à penser, plus qu'André qui était étrange dans le monde des cabanes, et qui ne correspondait pas directement à la façon dont il était contre les gardes.

André était difficile à oublier, et même si Erik le voulait, d'une manière étrange, il était encore dans les pensées et les pensées d'Erik de nos jours.

Erik n'avait plus envie de penser à André, et commença à se préparer pour la nuit, et se promena un peu dans la cellule. Il n'y avait pas de toilettes dans la cellule, juste une bouteille en plastique (canard) dans laquelle vous pouviez faire pipi la nuit si vous en aviez besoin, puis il y avait un évier en acier inoxydable et une plaque en acier inoxydable qui serait un miroir fixé avec des vis. chaque coin pour qu'il ne puisse pas devenir une arme pourles gardes.

Pour Erik ce n'était pasnouveau, mais ce le serait pour André, car il n'avait jamais été détenu auparavant.

Erik se dirigea vers son bureau, et c'est alors, lorsqu'il regarda à travers ces doubles fenêtres, qu'il vit André se rendre au parking. Quelle? Pensa Erik.

Ont-ils relâché ce fichu vieil homme? Ouais, c'était amusant, pensa Erik, qui réalisa qu'il était un Svensson, et l'avait libéré en espérant que cela fonctionnerait bien pour lui.

Erik a choisi d'aller se coucher pour la nuit, car lorsque vous dormez, vous n'obtenez que la moitié de la punition, juste à temps.

Le matin, les gardes sont venus, ont dit bonjour et ont refermé la porte de la cellule.

Eh bien, pensa Erik, maintenant le deuxième jour avait apparemment commencé, et il attendait les gardes qui viendraient avec le petit-déjeuner, pour pouvoir leur dire qu'il devait vider la bouteille sur les toilettes. Il a dû faire pipi pendant la nuit, il a donc dû vider la bouteille, car maintenant elle ressemblait plus à un mauvais millésime, et était presque noire dans la bouteille.

Ils sont venus avec le petit déjeuner, et Erik lui a dit qu'il avait besoin de vider la bouteille.

- C'est bon, ont dit les gardes. Alors on se demande si tu veux t'asseoir avec un débutant aujourd'hui?

- Même aujourd'hui? Demanda Erik. Oui, ça devrait bien se passer.

Les gardiens avaient l'air heureux parce qu'il voulait s'asseoir avec un débutant dans le centre correctionnel, pensa Erik.

Quand Erik eut pris son petit déjeuner, il attendit que les gardes viennent chercher le plateau. Il y avait quelqu'un qui avait déverrouillé la porte de la cellule, et Erik pensait que c'était quelqu'un qui allait ramasser le plateau, mais il y avait un autre garde qui irait avec Erik, pour qu'il puisse vider la bouteille sur les toilettes.

Une fois dans les toilettes, Erik doit verser la nuit liquides, et ça ne sentait pas directement la framboise, donc c'était une très mauvaise expérience, pour Erik. Lorsqu'il eut vidé la bouteille, le garde retourna avec

lui dans la cellule. Maintenant, il n'y avait plus
grandchose à faire que d'attendre le prochain sit avec un
nouveau pour se débarrasser. Après tout, c'était une
personne qui voulait apparemment briser le silence qui
était en détention, et qui voulait probablement se sentir
mieux que maintenant.

Erik pensait que c'était une caractéristique passionnante
de ce monde gris de rencontrer une nouvelle personne, qui
voyait ce que cela signifiait d'être assis dans la cellule de
la prison. Maintenant, Erik ne savait pas qui viendrait, car
les gens seraient considérés comme innocents jusqu'à ce
qu'ils soient condamnés.
Désormais, la personne qui viendrait dans la cellule n'était
pas condamnée, les gardiens ne pouvaient donc pas dire
de qui il s'agissait.
Juste après le déjeuner, à 13 heures, il y avait
un garde dans sa cellule qui se déverrouillait. Il était
temps de s'asseoir avec une nouvelle nouvelle une, et Erik
était assez curieux de savoir comment le gars qui vient
serait comme une personne. Maintenant, le garde á ouvert
la cellule, et c'est André qui est entré, et Erik a vraiment
surpris. Comment putain ce pied noir pouvait-il revenir
lors de l'arrestation?

André était-il un infil trateur? Ou quel était le vieil
homme!?
Erik a choisi d'être comme d'habitude, il ne savait pas
quel était le but, et pourquoi ce pied noir était revenu.
Si Erik était capable de découvrir son vrai cas, il devait
jouer à ce jeu dont il ne connaissait pas les règles. Assez
pour que tout cela soit devenu plus intéressant que de
s'asseoir avec un nouveau. Maintenant, Erik voulait savoir
ce qu'il est tout au sujet, et même si André a joué un
apport qui n'a jamais été sur une garde à vue, Erik comprit

que le but de son côté était complètement différent de
maintenant.

André parle un peu de sa famille et pense avoir fait
quelque chose que sa famille a dû punir. Puis il a dit qu'il
regrettait beaucoup cela. Il ne comprenait pas´ comment il
pouvait exposer sa famille à cela, alors qu'il était
en détention.
- Non! C'est dur, dit Erik. Qui ne savait pas si la famille
mentionnée était réelle, il avait du mal à croire ce qu'a dit
André, même si cela paraissait authentique pour le
moment. André semblait réel, mais toujours très irréel,
puisqu'il avait probablement raconté une chose dans
laquelle il s'était entraîné.

André a demandé Erik ce qu'il était assis pour, et s'il avait
quelque chose de nouveau va n après
l'arrestation? Maintenant, il commence, pensa Erik.

Chapitre 21

Erik a choisi de tester ce vieil homme et dit des choses qui
ne seraient jamais arriver d, mais probablement André
pouvait dire à ses collègues flics.
- Eh bien, André a dit que tu avais beaucoup à faire quand
tu sortirais. Pensez-vous que les plans se verrouillent
alors? Demanda André.
- Oui bien sûr! Dit Erik.
Nous gagnerons beaucoup d'argent sur la bosse, et la
meilleure partie est que les flics vont courir comme des
poulets sauvages, sans comprendre pourquoi ces choses
ont disparu.
- Ouais, je comprends, dit André,
qui le dira probablement à ses collègues. Erik pensait que
tout commençait à être amusant.
- Comment la police peut-elle ne pas y penser, dit André.
- Non, ils ne l'ont pas´ fait, car ils sont aussi sage´s que
des bâtonnets de poisson congelés, dit Erik.
- Ouais, tu as raison sur ce point ...
André avait dit des choses qu'un méchant ne dirait jamais
et Erik a réagi. D'autres ont dit que la conduite illégale au
lieu de conduire sans permis de conduire, puis il a dit

la police et non les flics. C'est juste à ce moment
que l'impossible s'est produit, un garde est venu et á
interrompu le sit avec André, et il a expliqué qu'un
incident s'était produit, et il a dû demander à André de
retourner dans sa cellule.

Erik regarda André qu'il regardait avec un, regard qui était
très questionnement sur la garde qui se trouvait dans la
cellule.
Tout le monde avait dit vouloir continuer leur séance,
mais pas André, qui a gentiment accompagné
le garde tout de suite.
 Était-ce étrange, pourquoi fait-il ça? Pensa Erik.

Ils sont tous les deux sortis de la cellule et le garde a
été verrouillé. André avait une manière très
étrange contre les gardes, Erik était sûr qu'il travaillait
dans la police, mais ne savait pas quel poste il oupait.
S'il était maintenant un bonhomme de neige de quelque
sorte que ce soit, Erik voulait savoir ce qu'il avait à faire,
même si cela signifiait qu'il avait besoin de parler et de
devenir «ami» avec lui, donc ça valait le coup. Erik n'était
pas curieux, par contre il voulait prendre le contrôle de la
situation qui se présentait.
Erik a entendu qu'André avait parlé au garde quand ils
sont sortis de la cellule, il n'y avait pas de mots qu'il a
entendus, c'était plus mur mur, et impossible à entendre,
Erik comprenait maintenant avec les preuves qu'il avait,
qu'André était très fâché personne, et apparemment Erik
avait quelque chose que la police voulait savoir, mais ne
savait pas ce que c'était.
 Il était évidemment si intéressant qu'ils mettent un faux
vieil homme avec des éléments gris dans Eriks cellule, et
il voulait savoir ce qu'il est tout au sujet, ou ce qu'il allait
faire avec la connaissance qu'il avait. Il pensait que c'était

138

bien et voulait en tirer le meilleur parti, la question était de savoir comment il le ferait.

Erik était à peine à l'intérieur de sa cellule lui-même, quand un garde cria dans le haut-parleur qui était à l'intérieur de la cellule, et lui demanda s'il voulait sortir et prendre de l'air.

- Oui je voudrais ça! S aide Erik.

- Bien, dit le garde, puis on descend et on vient vous chercher dans 5 minutes pour que vous puissiez monter sur le toit.

Erik a pensé qu'il y avait un "panneau rouge" devant la porte de la cellule

lorsque vous êtes assis avec une certaine restriction pendant la période d'arrestation, ce qui signifie que la personne dans la cellule peut ne pas rencontrer d'autres personnes que les gardiens et le prêtre de la prison, mais pourtant Erik a pu s'asseoir avec André, et c'était vraiment étrange. Il n'y pensait pas grand-chose à l'époque, c'était maintenant qu'il montait sur le toit et prenait de l'air, qu'il pouvait purifier ses poumons.

Que les gardiens pouvaient
accepter de s'asseoir avec André alors qu'il avait un panneau rouge!?

Il était incontestablement étrange, Erik pensait que cela pourrait être acheté par le directeur général, qui savait qu'il ne pouvait pas répondre à une autre prise de.

Après tout, il est du devoir de la détention, de protéger l'identité des gens s'il s'avère qu'ils sont innocents, et ils devraient alors pouvoir retourner dans la société, sans que leur identité ne soit effacée. Erik trouvait étrange que les règles soient bouleversées, et avec le risque d'effacer l'identité d'une personne.

Maintenant, les gardiens avaient demandé si Erik voulait
s'asseoir avec un nouveau gars dans le service
correctionnel, et même si Erik était condamné, André
n'était pas´ encore là. Ils devraient donc protéger cette
personne.

Erik avait ses valeurs qui disaient: *Une fois, ce n'est pas
le moment. Deux fois c'est pour l'enfer. Trois fois, c'est
une déclaration de guerre.*

Maintenant, André était vraiment sur le troisième score et
c'était une pure déclaration de guerre.

Il se demandait s'il en parlerait à Tobbe, et même si vous
n'êtes pas si sage quand vous êtes enfermé dans une
cellule, il y a eu des pensées à ce sujet avec Erik, qui avait

commença à déranger André. Le garde est
venu chercher Erik pour la promenade, qui a duré une
heure, ce qui signifie que vous êtes enfermé 23 heures par
jour.

Erik se tenait comme un mauvais soldat devant la porte de
la cellule lorsque le garde se verrouilla pour monter au
plafond. Il avait une radio de communication où il parlait
aux autres enregistreurs, et il a dit qu'il avait apporté un
"rouge" et se demandait si nous pouvions monter dans le
couloir.

Un autre garde a répondu que le couloir était vide
et qu'aucun «vert» n'entre. Ce qui signifie qu'Erik pouvait
monter sur le toit quand il n'y avait personne.

Erik pensait qu'il était tellement blessé par cette vie de
merde qu'il avait vécu, sans le moindre sentiment et
empathie pour les autres, après son temps passé dans le
froid.

Pendant tout le temps qu'il montait à la promenade, il
pensait qu'il était vraiment temps de mettre fin à cette vie,

et il avait fait une bonne tentative même si cela avec le
superviseur était un véritable revers pour sa vie
à Svensson, et Erik n'avait pas donné. l'idée de faire partie
de la société, donc cet intermède était totalement inutile à
faire. Erik ne savait pas´ comment agir dans une telle
position comme il l'a fait avec le superviseur, donc cela
avec l'arrestation est devenu faux.

Maintenant Erik était monté sur le toit, et le garde monta à
une petite promenade qui ressemblait à un gâteau, avec
une porte vitrée. Devant la porte, il y avait un rideau de
douche similaire qui était tiré devant la porte pour que
personne ne puisse voir la personne sur le trottoir qui était
«rouge» parce que la détention protégerait l'identité de la
personne.

Erik a commencé à se promener, pour se sentir un peu
vivant, il a été à l'intérieur plus d'un jour depuis son
arrivée. Il a entendu d'autres parler, mais n'a vu personne
quand la draperie était le traité, une certitude pour ceux
qui n'étaient pas condamnés par un tribunal de district, et
il était bon que la personne se révèle innocente du crime.

Il y avait beaucoup de débutants qui voulaient parler
les gardes, et ils ont posé leurs questions quand ils ne
savaient apparemment pas, comment cela fonctionnerait,
ou c'était juste une grande incertitude qu'ils avaient, et un
grand besoin d'obtenir ce sentiment saturé. Il a affronté
toutes ces personnes jeunes et inexpérimentées qui étaient
enfermées 23 heures par jour, et elles étaient sûres de
s'agenouiller à cause du stress qu'elles avaient au moment
de leur arrestation.

Erik pensait à la taille réelle de ces gens et au fait qu'ils
devenaient totalement fous de ne pas pouvoir faire ce

qu'ils faisaient auparavant et de ne pas entrer dans le centre, dans la salle des événements.

Désormais, ces personnes devaient se conformer aux règlements des gardiens, et beaucoup avaient du mal à s'adapter, mais elles le devaient.

Erik s'appuya contre le mur et se tint dans le monde des pensées. Il se demandait vraiment si c'étaient les autres qui étaient faibles ou simplement normaux?

S'il pensait que ces gens étaient normaux, Erik était assez blessé par la cabane! Eh bien, pensa Erik qui ne savait pas raisonner. Il savait qu'il était normal de poser des questions et d'oser montrer la gorge comme on l'appelle. Erik était un vieux guerrier, qui faisait attention à ne laisser entrer aucune émotion purement émotionnelle voir ces débutants comme faibles était beaucoup plus facile que de voir leurs propres lacunes. C'était maintenant à Erik d'apporter autant d'air frais qu'il y avait, et de se rendre compte qu'il était bientôt de retour dans la cellule, même si cela pouvait être quelque chose qu'Erik aurait aimé sauter. C'était juste pour lui de mordre ensemble et d'attendre qu'un garde vienne et descende dans la cellule avec lui.

Il n'a fallu que 10 minutes environ avant qu'un garde arrive et déverrouille la porte. Il a dit qu'Erik avait une visite, donc vous pouvez annuler votre promenade si vous voulez avoir la visite.

- Est-ce que vous plaisantez!? Ai-je une visite pendant la marche qui ne dure qu'une heure par jour?
- Ouais, tu l'as fait, dit le garde.

Erik a vu que c'était la petite chose dans laquelle il avait été

se battre avec, et maintenant il voulait clairement faire des choses difficiles pour lui. Erik savait qu'il ne servait à rien de mettre en place une scène ici, même si ce garde avait à nouveau besoin d'une leçon.

Erik a choisi d'être calme et de l'emmener quand il était absent, puis il y avait d'autres règles qui s'appliquaient, que celles qui s'appliquaient ici.

Maintenant, Erik descendrait à sa visite et verrait de qui il s'agissait. Ce ne pouvait pas être sa mère car il n'avait pas´ envoyé quelqu'un pour accepter le formulaire à remplir, alors il se demandait maintenant qui pouvait être celui qui avait procédé à l'arrestation sans que la personne ne soit contrôlée.

Chapitre 22

Bientôt, Erik se tenait devant la porte où le visiteur était assis derrière, et il était vraiment curieux de savoir de qui il s'agissait. Sur le plan juridique, seul son avocat pouvait se présenter à la garde à vue mais accepta le formulaire, mais Erik savait que ce n'était pas´ son avocat, car il l'aurait alors dit lors d'une conversation téléphonique. C'était donc très excitant de voir qui était assis de l'autre côté de la porte. Le garde a ouvert la porte, et derrière dans le superviseur de SAM. Erik.

Erik ne s'était pas attendu à voir cette personne, mais c'était agréable de la voir, même si c'était avec des sentiments mitigés. Elle était ravie de voir Erik, même s'il ne ressentait pas de tels sentiments envers la personne qui l'avait mis engarde à vue. Erik pensa que c'était un peu gênant pour elle d'y arriver.

Erik est entrédans la salle des visiteurs et le garde a verrouillé la porte derrière lui, maintenant il n'y avait

plus que le superviseur et Erik dans la pièce, et il ne se
sentait pas à l'aise avec une personne qui avait participé
au fait qu'il était assis là où il était, même si Erik
comprenait qu'elle venait de faire son travail et suivait les
règles en vigueur au service correctionnel.

Le superviseur a rompu le silence en disant qu'elle pensait
que c'était très amusant de voir Erik, et que sa mère l'avait
également salué et espérait vraiment qu'il se sentait bien
et qu'il allait bien.
- Tu peux calmer la mère et lui dire que tout va bien, dit
Erik, qui avait pitié de sa mère qui vivrait dans
l'incertitude, même si c'était forcé en ce moment.
- Erik, tu peux lui dire toi-même.
- Que lui dis alors? Je ne peux pas la contacter, tu devrais
le savoir, dit Erik.
- Vous êtes libéré de la garde à vue aujourd'hui, Erik.
- Quoi! Est-ce que je deviens! Dit Erik surpris.
- Oui vous le ferez, j'ai parlé à la probation, et ils avaient
reçu la décision de la région, où elle a constaté que les
preuves ne tenaient pas pour souligner que le client avait
commis un nouveau crime selon les règles qui
s'appliquaient lors de la surveillance, dit le superviseur.
- Oui, alors le système fonctionne, car je n'ai pas enfreint
la loi, et je te l'ai dit, dit Erik sarcastiquement ...
- Erik, tu m'as dit que tu conduisais illégalement, et ça
veut dire que je dois te mettre ici, parce que ce n'est pas
moi qui décide de ta punition. Je vais juste m'assurer que
vous ne violez pas ou que vous enfreignez la loi, rien
d'autre. Ensuite, la région doit faire son travail, je ne vais
pas faire son travail, a déclaré le superviseur.
- Oui, ça fait du bien de sortir de cette merde, et de rentrer
à la maison, dit Erik.
- Allez-vous rester chez votre mère jusqu'à ce que votre
maison soit nettoyée? Demanda le superviseur.

- Je ne sais pas jusqu'où ils sont venus, dit Erik.

- Pensez que votre mère vous dira comment cela s'est passé avec votre maison, et je veux que vous y preniez soin lorsque vous le découvrirez, même si ce serait négatif.

- Prêt! Dit Erik. Je ne serais pas agressif, d'habitude je le suis, cher superviseur, dit Erik.

- Si vous êtes agressif?! Laissez-moi réfléchir, dit le superviseur, oui vous vraiment, tout le reste n'est que mensonge.

- Hé, maintenant tu es là, dit Erik.

- Erik, tu sais que je n'en ai pas, mais nous n'avons pas besoin d'en parler maintenant, il me semble plus important que vous sortiez d' ici Erik, et je dois aller dire au dirigeant qu'il n'y aura pas de transport pour une n institution où vous pouvez éventuellement asseoir votre peine restante que vous avez, dit le superviseur.

Erik a commencé à demander à son superviseur comment cela se passait avec sa mère, alors qu'il était un peu inquiet pour elle.

-Oui, c'est très bien avec elle dit-elle. La superviseure avait maintenant vu des taches blanches dans la robe bleu foncé qu'elle portait. On aurait dit qu'elle s'était assise sur un gode vibrant et l'avait eu dans le cul.

Erik a ri de lui-même quand il a vu ses actions. Maintenant, il devint très difficile pour Erik de rire de lui-même, et se mit à rire fort et clairement de la situation qui se présentait.

- De quoi vous moquez-vous Erik? Dit le superviseur.

- Ça avait l'air amusant quand tu t'es levé du fauteuil.

Erik savait ce que ces petites taches blanches symbolisaient dans une salle réservée aux visiteurs de la prison, mais cela devait rester avec Erik.

- Non, toi Erik, on peut s'asseoir dans le canapé à la place,
dit le superviseur.

- Nous pouvons clairement le faire, dit Erik.

Le superviseur vraiment ooked au canapé avant qu'elle
était assise là, elle savait qu'il était calme.

- Cela semblait bon, dit le superviseur, et il s'assit. Elle
voulait expliquer à Erik qu'il ne pouvait pas montrer un
côté agressif en dehors de la société, car ensuite il est
revenu sur l'arrestation ...

Elle voulait vraiment vous dire comment être contre
d' autres personnes dans la communauté, et comme elle
était au milieu de sa conversation et dans le sermon, elle
se solidifie pour quelqu'un de la euxième, il était
clairement quelque chose qui a appelé à son attention.

- Qu'est ce que c'est maintenant? dit Erik.

- Qu'Est-ce que c'est? dit le superviseur en désignant un
petit morceau de papier sous le plateau de la table. Erik
regarda et vit qu'il s'agissait d'un protège-slip fait maison
avec garniture. Une fois de plus, il se mit à rire
bruyamment, se blessant au ventre autant qu'il riait.

- Oh, oh! Dit le superviseur. Non, je ne veux plus être ici,
a-t-elle dit, et á appuyé sur la radio qui est allée aux
disques, qui a répondu assez rapidement. Mon superviseur
a dit qu'elle voulait y aller, et ils ont dit qu'ils venaient
tout de suite.

- Bien, dit le superviseur d'Erik.

Erik riait encore, et maintenant même le superviseur avait
du mal à ne pas rire, elle pensait aussi que c'était un peu
amusant.

Les gardes sont venus et déverrouillés, et ont été
accueillis par un superviseur et un détenu qui ont ri. Il
n'est pas courant que nos clients rient à notre arrivée, il
voulait clairement savoir pourquoi nous avons ri, et le
superviseur qui voulait juste sortir de là tremblait comme

146

une personne qui avait reçu la maladie de Parkinson, et
qui ne voulait pas ex plaine pourquoi, mais son regard en
dit plus.

Erik restait entre-temps dans la salle des visiteurs, tandis
que le garde se rendait chez le dirigeant avec le moniteur.

Le garde est revenu et a de nouveau déverrouillé la salle
des visiteurs, et maintenant Erik allait changer de
vêtements, a déclaré que le garde avait amené Erik dans la
salle de sécurité dans laquelle il était entré quand il était
arrivé le premier jour.

Maintenant, il s'agissait juste d' enlever tous les vêtements
et de soulever le scrotum pour que la prise ne mette pas
de pilules avec du ruban adhésif en dessous. C'était de la
routine, et cet exercice était tout à fait correct, si c'était
une gardienne, malheureusement, la garde d'Erik était de
caractère masculin, et ce n'était pas du tout aussi
amusant. Lorsque Erik avait mis sur de nouveaux
vêtements, la garde prit de nouveau lui au cellule.

Maintenant, c'était peut-être l'une des dernières fois où il
allait dans sa cellule engarde à vue, maintenant la liberté
était bientôt un fait, et déjà sur le chemin de la cellule
d'Erik, les pensées ont commencé, et c'était une partie
qu'il devait faire, notamment pour appelez Tobbe.

Erik n'était pas directement inquiet que Tobbe aurait fait
quelque chose de négatif dans l'affaire avec le vendeur de
maison. Tobbe était comme le disait la vieille école, et
savait comment faire cela. C'était donc plus qu'Erik devait
se dépêcher un peu dans l'affaire, qui avait maintenant 2
jours de retard à cause de l'arrestation qui a éloigné Erik
de la société.

Très peu de temps après les gardes ramassé les plateaux
du dîner, ils sont venus pick - up Erik, qui enfin être libre
et sortir dans la communauté à nouveau Il est de nouveau

entré dans la salle de sécurité pour récupérer ses
vêtements. Erik sentait que la liberté était proche, et cela
semblait presque irréel. Le garde qui a laissé ses affaires
espère qu'ils ne seraient vus les uns des autres à
l'arrestation à nouveau.

- Non, nous ne le ferons probablement pas, dit Erik, qui
avait en fait commencé à prévoir de sortir à nouveau. Il a
commencé à marcher contre la dernière porte qui était
dans la prison, et le garde a déverrouillé la porte.

Une fois de plus, il était à l'extérieur de la prison et se
sentait un peu confus, maintenant la vie ordinaire le
rattrapait. Toutes les personnes étaient
des Svensson ordinaires, et il n'y a pas longtemps, il
avait été libéré de la cheminée.

Erik regarda la porte de la garde à vue et se rendit compte
qu'il était sûr de s'y trouver.

Il a commencé à descendre un escalier, et là-bas se
trouvait la porte de la liberté.

Erik est sorti, et sa mère s'est assise et a attendu en elle
vieille Mazda. Elle était si heureuse quand son fils est
sorti de prison, et il a fait l'étreinte du monde et ne voulait
même pas le laisser partir. Elle était indéniablement très
heureuse, pensa Erik.

Mère, calme-toi, je suis sorti maintenant, dit Erik. Mais
apparemment, elle était complètement hormonale et
voulait apparemment garder son fils plus longtemps.

- Eh bien, maintenant tu dois calmer ta mère! Dit Erik.

-C'est pas facile, je vous ai manqué beaucoup, et
j'aimerais vous parler de mon fils, et vous espérez êtes
la va séjour avec moi.

- Mère, j'aime vivre à la maison avec toi jusqu'à ce que
ma maison soit terminée, dit Erik.

- Quel plaisir mon fils, tout comme je voulais que ce soit, et je vais prendre soin de vous, vous ne devez vous asseoir à cet endroit une plus, dit la mère.

- Non, je ne vais pas asseoir son plus, prenez donc facile maintenant, ce sera sûrement bon.

- Oui, ça avait été amusant, Erik.

Mais maintenant, nous rentrer à la maison, et juste une belle et bonne dag.

- Oui. S aide Erik, et de la pensée sur la façon dont il se résoudre avec tout ce qu'il avait prévu. Parce que le moment était venu, et Erik était vraiment sûr que le superviseur et sa mère seraient sur leurs gardes.

Maintenant, ils rentreraient chez la mère et essayeraient de voir ce jour comme elle, pour qu'elle ne soit ni déçue ni triste contre lui. Elle avait probablement planifié tout ce qui serait fait ce jour-là, alors Erik ne savait pas du tout qu'il voulait gâcher la journée pour elle. Elle semblait certainement très heureuse de voir son fils, et voulait parler à son fils pendant le trajet, le problème était juste que son audition était très mauvaise, elle était presque sourde d'une oreille. Erik vit qu'elle avait l'air heureuse, même si elle n'entendit pas tout ce dont son fils parlait. Elle n'a pas montré qu'elle n'avait pas tout entendu et elle a hoché la tête quand elle pensait qu'Erik avait dit quelque chose pendant le trajet en voiture.

Erik sentit que sa mère essayait d'écouter ce que dit son fils, mais tout le bruit dans la voiture l'empêchait de l'entendre. Elle a eu beaucoup de mal à trier tous ces sons. Elle ne pouvait même pas mettre la chaîne stéréo de la voiture, alors c'est devenu un son très étrange, qui n'était pas perçu comme bon, mais le plus horrible, et ne continuait absolument pas à entendre. Puis elle a fait tourner le moteur de sa voiture, elle ne pouvait pas écouter l'autoradio.

Chapitre 23

Ils ont conduit jusqu'à l'allée et étaient de nouveau à la
maison, et soudain, de nouvelles règles ont été appliquées
dans la communauté. Ils ont quitté la voiture et Erik a pris
son sac qui était derrière le plancher de la
voiture. Maintenant, c'était juste pour entrer dans la
maison, sa mère avait l'air très heureuse de ramener son
fils à la maison, et a dit à Erik d'entrer dans la maison.
Erik se sentait comme un mauvais vétéran de la guerre qui
était rentré chez lui, et même s'il était en prison depuis
quelques jours, il ne fallut pas longtemps avant qu'il
ne soit libéré de la schack.
Il ne savait pas´ comment gérer tout
que hap Pend maintenant, un Svensson avait certainement
dit que les émotions se déplaçaient dans le corps.
Erik, qui avait du mal avec ces sentiments, pensa que
c'était une chose difficile à ressentir. Il était habitué à une
vie complètement différente et il a été formé à la guerre

psychologique, à l'entraînement aux armes et à la meilleure façon de retirer un cadavre le plus rapidement possible. Donc, s'asseoir et se blottir avec sa mère n'est rien à quoi Erik était particulièrement habitué. Même s'il voulait être normal, il n'était pas du tout facile de changer ses valeurs instantanément sans aide.

Mère attendait à la porte d'entrée de son fils et voulait entrer dans la maison. Tous deux entrèrent dans la maison, enlevèrent leurs pardessus et allèrent plus loin dans la cuisine. Ils se sont assis à la table de la cuisine et elle a commencé à parler de la façon dont c'était avec sa maison.

- Erik! Dit mère. Votre maison n'est pas´ encore terminée et il semble que la maison soit trop malade pour être nettoyée, selon l'arpenteur, a déclaré sa mère.

Elle a probablement attendu la réaction de son fils, car elle n'existe pas du tout. Mère semblait surpris plus
Les actions d'Eric ...
Elle s'était attendue à ce qu'Erik se fâche ou quelque chose dans ce sens. Maintenant, il ne montrait même pas ce côté-là, et la mère était apparemment vraiment surprise.

- Erik? Dit mère. Tu ne dis rien? Elle se demande.

- Non! S aide Erik. Cela semble être un élément très inutile, et je venais de faire quelque chose de stupide si j'avais mis de l'énergie là-dessus. J'ai eu une longue conversation avec mon superviseur au sujet de mon humeur, et elle voulait qu'Erik reste calme même s'il recevrait un message négatif sur sa maison. J'essaye donc d'être calme face à la situation.

- Comme c'est gentil! Dit mère, maintenant je suis très heureuse que tu choisisses d'être calme mon fils.

- Oui, je n'ai pas envie de mettre de l'énergie sur ce truc, et de m'énerver sur une chose dont je ne peux rien faire.

- Je suis si heureuse mon fils.

- Eh bien, calmez-vous maintenant, maman.

- Oui, Erik, avais- tu pensé que tu trouverais un nouveau logement et que tu ferais peut-être une famille?

- Oui, pas maintenant dit maman, mais j'adorerais avoir un petit-enfant.

- Quoi!? Dit Erik.

Comment pouvez-vous croire que je veux déménager dans une nouvelle maison? Qu'est-ce que tu essaies de dire, maman?

- Comme vous le savez, votre logement n'est pas du tout bon et vous devrez peut-être vous occuper d'un nouveau logement, dit-elle.

- Je pense que tu essaies de dire quelque chose que tu sais, mais tu ne veux pas me dire maman!

- Non, dit-elle, mais les possibilités sont que vous deviez chercher une nouvelle maison s'il n'est pas possible de nettoyer votre maison actuelle.

- Pourquoi pensez-vous cela?

- Je ne pense à rien, mais je ne veux pas, que vous vous installiez pour emménager dans votre maison, s'il n'est pas possible de la nettoyer maintenant.

- D'accord, dit Erik. J'essaierai d'y penser moins avant de savoir.

Maintenant, Erik avait des plans complètement différents, concernant le maudit vendeur de maison, dont il ne voulait pas parler à sa mère, car cela la rendrait à la fois inquiète et triste quand elle pensait que son fils serait de nouveau arrêté avec de tels plans. Maintenant, sa mère était joyeuse et heureuse, et c'était bon pour Erik aussi, même si elle était probablement sur ses gardes et voulait protéger son fils.

Ils ont tous deux continué à parler de l'avenir, et sa mère voulait savoir si Erik pouvait penser à rencontrer une femmedans le futur?

- Ou qu'en pensez-vous Erik!?

- Le mot pressé est apparemment votre deuxième prénom, maman. Je n'ai pas encore l'impression d'avoir atterri et une femme n'est pas à jour.

- Mais mon petit fils, pense que si la bonnefemme apparaît dans ta vie, et que tu tomberais amoureux d'elle, quel merveilleux, dit sa mère en l'air heureuse avec des yeux scintillants ...

- Et ta mère? Je m'inquiète pour toi, tu devrais le savoir. J'ai à peine été libéré du slammer, et vous voulez déjà que je trouve un partenaire, et je ne veux pas cela pour le moment, a déclaré Erik.

- Mais si le bon vient alors? Ne serait-il pas agréable de rentrer à la maison avec une fille qui vous tient à cœur tous les jours? Elle pourra peut-être vous suivre et s'assurer que vous n'avez rien fait de stupide, Erik.

- Mo ther, je ne suis pas du tout encore là. S aide Erik.

- Ce n'est pas du tout si urgent mon fils, clairement tu as le temps dont tu as besoin, je n'essaierai pas du tout de me dépêcher, je veux juste que tu trouves quelqu'un, et que tu as une vie différente et meilleure que la dernière 20 ans. Le pire à propos de la mère était qu'elle avait généralement raison et qu'il aurait peut-être été bon pour moi de trouver une femme dans ma vie, pensa Erik. Bien qu'il ne pas s'adapter si bien en ce moment, mais dans l'avenir il aurait été bon, il pensait à lui - même. Il y avait beaucoup à planifier, et ce n'était pas directement le cas de trahir la mère, en disant que vous iriez dans un endroit inconnu. Non, ça n'aurait probablement pas été si bon.

C'était donc de s'asseoir et de lui parler toute la soirée, et de lui faire penser à d'autres pensées qu'Erik commettrait de nouveaux crimes. C'était probablement plus facile à dire qu'à faire.

Erik essayait vraiment de la calmer et commença à réaliser qu'il ne ferait plus de choses stupides. Mais c'était comme si elle ne pouvait pas se déconnecter et attendait que quelqu'un reprenne son fils. Erik pensait qu'elle semblait être une épave errante, qui était assise pour garder son fils, car elle ne voulait pas, que cela se produise.

La soirée touchait à sa fin et tous deux étaient prêts à rentrer dans leur chambre, mais sa mère le surveillait. Erik ne savait pas quoi lui dire quand elle avait vraiment choisi de garder activement Erik, il était donc difficile pour lui de savoir comment lui et Tobbe allaient faire. Cette tendance vigilante avait probablement aussi le surveillant d'Erik.

Il ne restait plus qu'à Erik d'aller se coucher et de dormir dans son ancien lit, qui était à la fois plus large et plus beau que ce qu'était le lit de la prison. Erik pensait que c'était dans l'équipe la plus douce, quand il était allongé sur le lit de la prison, qui était dur comme de la pierre, et que le dos s'était habitué aux lits du service correctionnel, il était donc difficile de s'habituer quand son le lit était mou, il avait passé de nombreuses années au service correctionnel, donc ce n'était pas si étrange du tout. Il a en fait eu une bonne nuit de sommeil dans son ancien lit, et était vraiment éteint quand il s'est réveillé.

Le matin est venu, et il était temps pour Erik de se lever, il avait ses routines et elles disparaissent si facilement, pensa Erik.

Maintenant, il avait beaucoup de choses à résoudre, pas moins qu'il rencontrerait Tobbe, qui s urely demandé ce qui avait happend parce Erik n'a pas entendu parler de lui. Maintenant, il ne pouvait plus appeler parce qu'il était sous surveillance, donc c'était pour se rendre chez Tobbe afin qu'ils puissent parler dans la solitude. Pour l'instant, Erik était devenu vraiment paranoïaque comme Tobbe l' était auparavant, mais maintenant André était venu deux fois dans sa cellule, bien qu'il ait été libéré la deuxième fois qu'il y était venu.

Ce n'était certainement pas l'intention d'Erik de voir sa liberté. Erik ne savait pas du tout quelles étaient les siennes, et peut-être les idées correctives, mais quelque chose était assez clair. Désormais, seule sa mère allait travailler pour qu'il puisse prendre le bus qui sortait de chez lui. Maintenant, tous les deux avaient déjeuné, et la mère était en route pour travailler dans l'église, et Erik la percevait comme un peu fatiguée, mais elle s'en alla travailler, et c'était bien, pensa Erik. Maintenant c'était au tour d'Erik de regarder les horaires des bus quand le bus est parti.

Erik a vu qu'il y aurait un bus toutes les 10 minutes, donc il devait courir jusqu'à l'arrêt pour ne pas le manquer. Erik a payé le billet pours pouvoir monter, et bien qu'il fût un antisocial, il est allé avec lui. Il s'assit, les yeux dans son cou, et ne put se détendre, bien qu'il essaya. Il suffisait que quelqu'un parle dans son téléphone pour mettre Erik dans une position de garde, et il pensa qu'il était difficile de sortir et de se retrouver dans cette position. Erik ne pouvait rien faire quand son corps réagissait comme il le faisait, et bien que ce soit un entraînement

social que le superviseur avait aimé, cet exercice n'était
pas bon pour Erik. Mais c'était certainement cette vie dans
le futur, pensa Erik.

Chapitre 24

Il espérait que le foutu bus arriverait bientôt à l'arrêt
d'Erik où il allait. Il a duré environ 45 minutes de trajet,
mais il a vécu ce voyage comme deux heures et
comme ennuyeux, mais il ne pouvait pas´ faire plus que
s'asseoir.
Finalement, le bus est arrivé à destination, et Erik a
commencé à se lever de sa chaise, et a pensé que c'était
une sensation assez agréable de descendre du
bus. Maintenant, il devait marcher
jusqu'à Tobbe donc je ne suis resté qu'à 15 minutes de
l'arrêt de bus.

Erik est allé au deuxième étage où Tobbe a vécu, et il pensait que ce serait amusant de parler de lui.

Erik se tenait devant sa porte et sonna à la porte. Une femme vint et ouvrit, et Erik fut très surpris de la femme qui avait ouvert. Qu'est-ce? Il pensa, et se demanda si elle venait de visiter, ou ce qu'elle faisait là-bas. Tobbe est venu dans le hall et a vu que c'était Erik qui était venu, il était très heureux, et a dit quand ils ont fermé la porte que cette fille était une amie à lui, son nom était Eva.

Erik et Eva se sont salués et Tobbe a dit à Erik d'entrer dans le chalet.

- Bien sûr, dit Erik, et il entra dans l'appartement avec l'espoir de pouvoir parler, lui et Tobbe.

- Je pensais que nous pourrions attraper un peu d'abord, puis je dois parler à Erik d'une chose importante, Eva.

- Oui, mais c'est ok dit Eva, qui s'en prend au café qui est tombé dans la cafetière, puis Erik et Tobbe en ont profité pour parler, et jeter quelques trucs, mais ce n'était que quelques minutes, puis Eva est venue de retour avec le café.

- Maintenant les gars, vous devriez prendre du café et commencer à enverser. Erik avait pris des gastéropodes à la cannelle avec lesquels ils devraient se figer.

Eva y vivait apparemment parce que quelqu'un y avait mis des oreillers avec des fleurs. Tobbe n'avait jamais fait ça, pensa Erik.

Merde, ce que le cher Tobbe est devenu alors, il est tout simplement impossible qu'il le devienne en 3 jours. Oui, mais Erik pensait que Tobbe agissait étrangement et était un peu patronné dans cette Eva.

Curieusement, Erik pensait qu'il n'avait pas dit qu'il avait une fille qui le dirigeait apparemment pas mal. Ici, je suis assis sur la garde et je réfléchis, et il a une fille avec qui il

est assis et avec qui il est surveillé. C'est drôle, pensa
Erik.

Tous les trois se sont assis et ont parlé, et après une demi-
heure, Eva s'est levée et a dit qu'elle irait chez son amie.

Erik et Tobbe attendaient tous les deux de parler aussi
longtemps qu'Eva était là, afin d'être sûr qu'aucun
étranger n'écoutait leur plan à venir.

Sa fille est revenue et avait oublié une chose, et Erik
et Tobbe étaient tous deux complètement silencieux sur
leur plan, et se sont assis la plupart du temps et ont
regardé ce qu'Eva allait ramasser, puis elle est allée aux
toilettes.

Tobbe a dit qu'elle obtiendrait probablement des grenades
à main norvégiennes (TAMPONES) quand elle aurait
reçu (baies de lingon dans son hamac) son menstruation.

Les gars ne voulaient pas paraître étranges, alors ils ont
parlé un peu de l'appartement et de la façon
dont Tobbe voulait le faire.

Maintenant, Eva est sortie des toilettes, et nous avons dit
au revoir encore une fois, puis Eva est sortie.

Erik et Tobbe se sont tous deux assis pour la première fois
seuls pendant très longtemps, c'était à l' institution
de Kumla qu'ils étaient tous les deux assis l'un en face de
l'autre, mais ensuite ils ont tous deux été mis sur écoute.

Le m ost quod dans cette classe avaient leur propre
service de renseignement qui assurerait le prisonnier qui
servirait leur peine sans être en danger pendant leur
temps.

Pour Erik et Tobbe, cela signifiait qu'ils écoutaient des
appareils qui se trouvaient dans le haut-parleur sur lequel
ils appuyaient lorsqu'ils étaient enfermés dans la

cellule. Par conséquent, ils ont mis un écouteur dans le
microphone lui-même, ils ont parlé aux gardes.
Ensuite, ils ne pouvaient pas, entendre ce que
les méchants disaient, et ils ne savaient pas à ce sujet dans
le renseignement. Parce qu'il était généralement difficile
de parler du slammer. Mais c'était un truc des méchants.

Dans l'état actuel des choses, Erik et Tobbe pouvaient se
parler, seulement ils retiraient leurs téléphones
portables. Ils ont apporté leurs
téléphones portables dans le salon de Tobbe, donc c'était
calme.
Ils retournèrent tous les deux dans la cuisine pour pouvoir
forger leurs plans qu'ils avaient pour le vendeur de
maison.
Erik voulait creuser un putain de gros trou, et creuser
cette personne, et inviter le calcaire. Car Erik avait
vraiment l'air rouge seulement il pensait au vendeur de
maison. C'était vraiment mauvais. Tobbe voulait savoir
quoi faire quand ils s'empareraient de l'idiot. Erik voulait
que Tobbe mette le vendeur sur une chaise, en le collant
avec du ruban argenté. Ensuite, Erik prendrait le
relais. Maintenant, ils ne savaient pas s'ils auraient une
trappe de vol, ne pouvant pas voir qui ils étaient, ou si

ils courraient Black to Black! (Complètement habillé en
noir) il n'a donc pas été possible de décrire
les délinquants qui ont été sur place.

Maintenant, il y avait des choses qui avaient été corrigées,
même s'il restait autant de points d'interrogation, car ils
devaient être saisis.
Erik voulait avoir peur du vendeur de maison, alors
c'était le travail de Tobbe de lui faire peur , et il
était vraiment bon dans ce domaine, pensa Erik, il était

clairement capable de faire son truc, et il était
probablement capable de faire peur au vendeur de maison.
, et c'était le but pour commencer, bien qu'Erik ait aussi
prévu d'autres choses s'il ne prenait pas le message qui
ferait comprendre ce vieil homme. On ne pouvait pas
savoir comment le vieil homme réagirait, et même la mère
d'Erik serait surprise que son fils le fasse à une
personne. Car sa mère était une personne gentille qui
n'avait rien fait d' elle- même. Elle était convaincue que
" l'homme en h cloudes " agirait s'il en avait besoin.
Maintenant, probablement son fils du même genre était un
vrai salaud ... bien que cela ne se soit pas passé quand
Erik et sa mère se sont rencontrés, il n'avait pas limites
que ce soit, et cela a rendu la haine beaucoup plus grande
et plus agressive qu'une personne normale ne l'avait fait
ou prévu.
Tobbe est allé chercher plus de café pour eux, Eva était
allée chez son amie pour parler tranquillement.
Il revint avec la cafetière et demanda clairement si Erik
voulait plus de café, et il le voulait, alors Tobbe versa le
café dans la tasse d'Erik.
Puis Tobbe versa dans sa propre tasse, puis retourna avec
la machine à café.

Chapitre 25

Quand ils se sont tous les deux assis l'un en face de
l'autre, c'est comme s'ils avaient une focalisation
complètement différente sur le vendeur de maison qu'Erik
voulait effrayer avec effet. Maintenant, ils planifient
comment et quand cela sera en mesure d'effectuer ed, et
ont un grand effet, si Erik était très fortement soutenu par
sa mère et par les flics.

Tobbe, qui était cruellement formé, n'était pas amusant à avoir par la suite, donc le vendeur de maison devrait avoir assez peur, bien qu'ils ne sachent pas s'ils devaient passer au niveau suivant, couper le vieil homme et le creuser. C'était un senarium qu'ils voulaient tous deux éviter, bien qu'ils le fassent, si la situation l'exigeait. Erik avait plus peur que Tobbe n'obtienne un jeu, et creuse à première vue de lui.

Erik a dit à Tobbe qu'il serait calme quand ils feraient cela, donc la personne n'est pas devenue sans vie à la fois. - Non, clairement, dit Tobbe, et Erik sentit qu'il l'écoutait vraiment, même s'il savait que Tobbe aimait la violence, même s'il avait maintenant compris qu'ils n'utiliseraient pas trop de violence immédiatement. La question était de savoir comment réagirait le vendeur de maison et s'il crierait quand il aurait une sorte de batte de baseball. Ils ont juste supposé qu'il serait assez arrogant au début du traitement, mais qu'il se ramollirait probablement assez rapidement.

Tout n'était que spéculation, et pas du tout de faits qu'Erik voulait avoir en de telles occasions, même si c'était difficile à réaliser pour le moment.
Tobbe et Erik savaient ce qu'ils feraient après une longue conversation, et il était temps pour Erik de rentrer chez lui en bus avant que sa mère ne rentre à la maison, sinon il y aurait des discussions inutiles et il n'y aurait pas de temps pour cela. Tobbe et Erik se sont dit au revoir, et Erik descendit les escaliers et partit pour le bus qui le ramènerait chez sa mère. Après un long voyage, Erik était à nouveau devant la maison de sa mère, où il a commencé

à se rendre en descendant du bus, qu'il a parcouru un
moment.

Maintenant, Erik était de retour chez sa mère, et il se
sentait assez content de la journée, même s'il devait
rentrer à la maison pour éviter des questions inutiles. Sa
mère est arrivée peu de temps après son retour à la
maison. Maintenant tous les deux étaient à la maison, et
c'était devenu les questions habituelles de sa mère, puis
elle a fait un souper. Pendant le repas du soir, elle a dit
qu'elle serait visitée par une personne qui était vivant
à côté, où il a vécu dans la maison, et que sa mère
aimait. Erik se demandait clairement de qui il s'agissait? Il
ne savait pas qui était ce voisin. Il se demanda si c'était la
mère qui était passée avec sa fille, pour quelqu'un d'autre,
il ne pouvait pas le croire.
- Non, mes s sur la personne qui vient ici est appelé
Watson et elle semble si belle, dit sa mère.
Bien, pensa Erik.

Il devait entendre comment sa mère et Watson pouvaient
se retrouver. Nous nous sommes rencontrés devant vous à
la maison, puis nous avons eu un contact téléphonique
entre-temps, et maintenant Watson reviendra à la maison
et verra comment je l'ai et comment je vis, a déclaré sa
mère.
Bientôt, la sonnette retentit et ce fut Watson qui était
venu. La mère a rapidement demandé comment elle était
arrivée là-bas, alors qu'elle ne voyait aucune voiture.
- Non, dit Watson, mon mari André m'a conduit ici, il
avait besoin de la voiture, dit-elle.

Eh bien, c'est Mme Watson qui est oeil pour oeil à Erik.

C'était une personne qu'il n'avait pas rencontrée en direct,
mais l'a fait maintenant ...

Erik se demandait qui était son mari, il s'appelait André,
tout comme l'homme qui était assis avec moi lors
de l'arrestation.

C'était un nom commun, donc ça pouvait être un autre
André, même si cela n'osait pas croire Erik.

Erik a gardé la trace de cette Mme Watson qui est
soudainement entrée dans sa vie, la seule personne qui
avait été heureuse pour un tel destin avait été Tobbe.

Mais Erik ne l'était pas et s'attendait à ce que Mme
Watson mette des insectes dans les chambres, alors il ne
la laissa pas partir une seconde.

Sa mère a fait visiter Mme Watson, et elle a aimé ce
qu'elle a vu et a pensé que sa mère vivait bien et
confortable.

Mais Erik ne l'a pas convaincue avec ses mots, il se
concentrait sur l'observation de Mme Watson.

Il, afait le tour dans de grandes parties de la maison, pour
ensuite s'asseoir dans la cuisine, et savourer les bons
produits frais de la mère petits pains et gâteaux. Erik se
sentait plus comme la cinquième roue et voulait les
quitter, mais cela signifierait que Mme Watson lui-même
était assise avec sa mère dans la cuisine.

Erik pensa que dans le pire des cas, il devait balayer la
cuisine après avoir écouté le matériel que Mme Watson
avait peut-être placé.

Au bout d'une heure, Mme Watson rentrait chez elle et
son mari est venu la chercher. C'était un moment
qu'Erik ne voulait pas manquer. Il voulait voir si c'était
l'André qu'il croyait, ou si c'était quelqu'un d'autre.

Le temps était venu, et Mme la maison allait Watson, son
mari a appelé t o obtenir son, Erik voulait exclure qu'il
était l'André qui était en garde à vue.

La voiture avec son mari se tenait devant l' allée de sa
mère et Erik voulait vraiment voir qui c'était, ou à quoi il
ressemblait, cet André.
Erik est allé voir qui il était, et à sa grande surprise, c'était
l' homme avec qui Erik était en garde à vue, qui était le
mari de Mme Watson.
Comment diable est-ce possible, pensa Erik?
Bon sang, comment peut - il être le premier prisonnier de
la garde qui veut asseoir, puis Erik a vu rentrer chez lui
pour la journée, et maintenant il w comme apparemment
l' homme de Mme Watson??????
Un étrange diable en caoutchouc pensa Erik, qui
comprenait maintenant qu'il était marqué par ces gens et
qui avait probablement toute une autorité derrière lui.
Ce qu'Erik ne savait pas, c'est qu'André travaillait
à KUT (le service de renseignement criminel) et serait un
gros problème.
Quand il s'agissait de Mme Watson, il n'était pas sûr de ce
qu'elle était. Erik se croyait que Mme Watson avait
d' autres pouvoirs, mais avait du mal à mettre la touche
finale à ce ...
C'était, après tout, une société étrange qu'Erik rencontrait
maintenant, même si ce serait encore une fois son
nouveau monde, avec tous ces éléments étranges. Erik
s'est clairement demandé comment il pouvait s'adapter à
ce monde de Svensson?
Erik voulait juste arrêter de penser à ça, même si ce n'était
pas du tout facile.

Erik a appelé son ancien Wingman et son ami, en qui il
savait qu'il pouvait avoir confiance. Il a demandé

à Tobbe s'il savait qui André était en
détention? Directement, Tobbe a répondu qu'il voulait
rencontrer Erik dans quelques heures, et il est venu le
chercher dans la voiture qu'il avait empruntée à sa fille
Eva.
- Tu ne peux pas juste dire ce que tu sais? Alors Erik.
-Non, dit Tobbe, pas sur cette ligne.
D'accord! Dit Erik un peu surpris de la déclaration
que Tobbe a maintenant dit! Ce qu'il sait, se demanda
Erik!

Chapitre 26

Un peu plus tard dans la journée, Tobbe a expliqué ce
qu'il savait d'André, et comment il pensait qu'André était,
et comment il pensait qu'il était en tant que personne. Il a
expliqué ce qu'il pensait à travers une explication détaillée
d'André.
- Tooooobbbbbbeeeee, tu veux dire que nous avons un flic
près de nous, et qui voulait s'asseoir avec moi sur

le slammer? Putain de merde, ouais, putain de merde je
serai, un flic puant que je considère comme un méchant,
et maintenant il s'avère que c'est un flic! Oui, c'est bien
pire qu'un flic, ce salaud est du service des
renseignements.

Est-ce étrange que rien ne fonctionne quand on a toute
une section dans le cul, et je n'aime pas l'idée.

- Tob be, dit Erik, je te vois penser que tu
te demandes ... - Tu sembles être affecté par la situation,
qu'est-ce que Tobbe, dit Erik.

- Ce n'était pas juste pour le plaisir, dit Tobbe. C'était
parce que je n'aurais pas à rêver de lui. Il venait parfois
dans mon rêve, me mettait la batte de baseball sur la
gorge et me commandait de lui donner à manger. Une
nuit, j'ai rêvé qu'il y avait un chien qui aboyait devant
notre porte. J'ai ouvert pour cela, puis le chien a eu le
visage de cette personne, et j'ai soudainement dû tirer la
porte en arrière et le faire taire. Il était tellement terrifié
par la faim que j'ai entendu le bruit de mes oreilles quand
je me suis réveillé.

- Eh bien, bien sûr, vous rêveriez de celui qui vous avait
fait peur, dit Erik en se hâtant de gravir les échelons, et
avait l'air inquiet et anxieux.

Eva court avec sa propre voiture, et nous avons été laissés
pour compte, à cause de son retard, nous devrions bientôt
être arrivés au stand, comme les autres.

Erik le suivit. Tobbe a couru jusqu'à la route et s'est tenu
là avec envie, au lieu de suivre Eva. Mais ce n'était pas
elle qui restait immobile pour penser qu'il agissait
étrangement. Elle a juste pensé à une chose, que la route

menant à la porte était libre et a couru tout droit. Une fois sorti, elle HUR ried à la porte, elle a fermé avec HASP et frappé, comme elle le pouvait, puis pris la fuite en volant bride vers le bas du village.

Elle ne pouvait pas croire autre chose que le fait qu'elle avait le Lismar derrière elle dans le talon, car celui qui l'avait mise sur la porte ne pouvait probablement pas retenir un homme de grande taille plus longtemps que lui-même ne le voulait. Il était évident qu'il essaierait de la rattraper et de ne pas la laisser descendre au village et vous dire qu'il y avait une créature dans la forêt. Elle n'a pas osé laisser le temps de s'arrêter et de regarder en arrière, mais elle a juste manqué. Tout le temps, elle pensait avoir entendu comment il était venu furtivement sur les petites chaussures. Elle attendit qu'il attrape ses cheveux, qui pendaient derrière elle, et la tirait en arrière. Maintenant Tobbe était vraiment confus, maintenant Eva et Mme Watson se connaissent clairement, pensa Tobbe … Qu'est-ce qui se passe. Cela fit penser à Tobbe directement à Erik.

Tobbe était tellement irrité contre Ewa, alors il lui tira les cheveux et cria tout droit par pure frustration de resserrer l'enfer. Entier La vie était vraiment en flammes, et il ne savait pas, comment percevoir cet enfer. Il sortit pour prendre un peu d' air et de dissiper ses pensées. Il avait beaucoup de pensées et pas des moindres son ami Erik. Au bout d'un moment, Tobbe est revenu, et maintenant il était descendu. Eva regarda directement Tobbe, qui avait vraiment l'air confus et déçu, avec un air fade.

Maintenant, il était déjà décidé comment Erik et Tobbe feraient avec le vendeur de maison, et la situation entre ces deux était quelque peu chargée, car personne ne savait comment l'un d'eux réagirait. Les deux amis ont décidé de faire ce qu'ils avaient déjà dit, après une longue conversation qu'ils ont eue pendant la soirée, quand Tobbe s'était calmé et qu'Ewa semblait de meilleure humeur. Erik et Tobbe ont tous deux décidé de se retrouver à l'extérieur de l'ancien cimetière, afin de pouvoir remettre le propriétaire en place une fois pour toutes, ce qu'ils voulaient tous deux faire face à l'événement.

Quand ils sont tous les deux arrivés au cimetière, Tobbe a commencé à devenir un peu mou, pensa Erik.
- Que faites-vous? Alors Erik.
- Que voulez-vous dire? Alors Tobbe.
Ne pense pas, que tu aimes ce cimetière, dit Erik en riant, et sourit juste comme Erik pouvait le faire.
-Que dites-vous Erik? Dit Tobbe.
 -Non Tobbe, mais tu n'es pas
un CUMBLE, Hahahahahaha rit Erik.
- Toi Erik, je m'en fiche de cette merde!
Quand tous les deux se sont tenus à l'extérieur du cimetière avec une lumière de la lune, qui a créé une lumière effrayante, Tobbe a pensé que c'était une lumière étrange,
 - Oui, bien sûr dit Erik, qui commença à chercher les choses qu'ils devraient avoir pour l'idiot.
Juste au moment où Erik avait commencé à chercher ces armes et d'autres accessoires, des oiseaux sont venus nous survoler et ont atterri devant l'église, et Tobbe a commencé à avoir l'air paranoïaque.
- Erik, Erik! Tobbe a continué à pleurer, qui a maintenant commencé à paniquer à propos de cet oiseau ...
- OISEAU Erik!!!!!!!! Après tout, c'est l' oiseau de la mort!

- Qu'est-ce donc que l'oiseau de la mort? Maintenant, putain, abandonnez.

- Erik c'est un corp sur un chemin d'église!

- Oui, qu'en est-il?

- Tu ne comprends pas Erik!? Dit Tobbe, d'une voix tremblante.

- Vous plaisantez, dit Erik.

- Oui et c'est raisonnable de l'être, dit Tobbe en le fixant et en regardant le corbeau qui venait de se poser sur une pierre tombale. Ce n'est pas sans qu'Erik ait commencé à penser au Pentagramme qui était dans la voiture, lorsque Mme Watson est entrée.

- Qu'est-ce que vous savez sur Pentagram? dit Erik. Vous êtes grand comme une maison, mais lire et être intelligent n'est rien qui symbolise votre QI élevé.

Tobbe a ensuite expliqué ce qui suit à Erik ... Aussi loin que possible dans l'automne, Tobbe a dormi dans le vent quand sa fille Eva n'était pas là. Avec quelques lits, il avait fermé un coin pour lui-même, qu'il appelait sa chambre. Ce n'était pas grand et un petit lit étroit occupait presque tout l'espace, mais il lui plaisait de pouvoir y dormir le weekend. Avait-il été dans le chalet

avec ses parents, il aurait dû se lever à un si bon moment, que la mère devait faire le lit avant d'aller à l'église.

Depuis qu'il avait commencé à travailler pour Erik, il n'était pas inhabituel pour lui de dormir le week-end, jusqu'à l'horloge murale dans le chalet douze, mais quelque chose comme ça ne lui est pas arrivé le lendemain de l'aventure au cimetière, mais il réveillé avant dix heures. Il s'est immédiatement souvenu de tout. Il y avait encore un peu de malaise dans les doigts. Cela rampait en eux, seulement il pensait à cela, dans lequel ils étaient entrés. C'était de la fantaisie bien sûr, juste de la peur. Il savait que ce n'était rien d'autre que de la merde qu'il avait mis dans ses poches.

- Tobbe, qu'est-ce que cela a à voir avec un pentagramme? Dit Erik.

- Oui, je vais vous dire, Erik ...

Dans le passé, tout le monde pensait qu'un Pentagramme était un outil que Satan avait pour garder tout le monde sur le tapis.

- Eh bien, maintenant, nous continuons à dire à Erik, avec ses propres pensées qu'il avait dans le calme du Pentagramme, ce que Mme Watson avait.

Soudain, Erik se leva, allavers la pierre tombale où le corbeau avait atterri et jeta de la terre. Tobbe se demanda ce qu'il faisait, se demandant comment Erik pouvait faire quelque chose d'aussi puéril, considérant qu'il était un homme bien.

- Je dois juste vérifier une chose, dit Erik, et cela rendit Tobbe curieux.

- Que fais-tu Erik? Vous vous comportez étrangement et vous devez expliquer pour que vous le preniez.

Erik n'a pas dit un mot, mais a continué à aller avec une main gravier contre la pierre tombale, qui était auparavant du côté de Tobbe.

Erik commence à jeter du gravier sur la pierre tombale, qui a maintenant donné un son clair de ces corbeaux.

C'était exactement ce que je pensais, dit Erik et il avait l'air à la fois heureux et inquiet.

- Quoi? Dit Tobbe.

- Tu n'as pas Tobbe?

- Noooo!! S aide Tobbe.

- Oh ouaishhh! S aide Erik, vous avez un cerveau de reptile ... imaginez si vous pouviez utiliser 10% de votre

cerveau au lieu de 100% de vos poings! Ce n'était pas
agréable à dire ...
- Non, ce n'était pas le cas, mais c'est Tobbe.
- Prends Tobbe, la terre n'est pas propre ...
- Et alors? Dit Tobbe
- Regardez ce qui se passe si je jette de plus grandes
quantités de gravier.
- Et alors? Dit Tobbe.
- Regardez maintenant Tobbe, jetant une plus grande
quantité de gravier et de terre. Tous les corbeaux ont volé
directement à partir de là, et cela signifie que quelque
chose ne va pas, dit Erik, mais pour le moment, je ne sais
pas quoi, ni pourquoi c'est faux. Ce que je sais, c'est
qu'Eva, Mme Watson et ma mère font un enfer.

Les deux amis ont choisi de retourner sur place pour
obtenir les choses dont ils avaient besoin.
Erik a ramassé des couteaux, des marteaux, des pinces
qu'ils avaient di ged dans le sol, qui a été déposé au
propriétaire.
- Tu peux t'amuser avec, autant que tu veux, pensa Tobbe,
tu n'as toujours pas grand chose à faire. Erik haussa les
épaules. Il avait toujours su que ce serait effrayant, ou une
créature qui créerait une anxiété impossible à expliquer. Il
avait tenté d'imaginer que tout n'était qu'une farce d'une
personne espiègle, qui adorerait lui faire peur, mais il
savait en fait comment le faire. Le corbeau qui
flottait n'avait aucun humain dans la voix qu'il avait
récemment entendue.

Il était donc pleinement conscient de ce que le lendemain
apporterait, et bien qu'il prenne cela avec beaucoup de
calme, car une personne qui vivait une vie difficile dans
une institution pouvait encore créer des pensées chez
Erik.

Erik avait une erreur de réfraction, alors il a mis ses
lunettes sur son nez et a lu la liste des choses dont ils
avaient besoin pour pouvoir riposter durement contre ce
propriétaire, plus précisément quelques pages. Puis il leva
les yeux de la liste et se mit à réfléchir. Il n'y avait pas de
prêtre à portée de main, même si la mère pouvait l'aider à
se redresser, mais il resta assis seul et essaya de trouver
une sorte de marché avec cet imbécile.

Au cours de sa longue vie, Erik avait probablement
traversé beaucoup de choses qui n'étaient pas si
amusantes à se souvenir d'un tel moment. Quand il a lu la
liste, il a rencontré des mots forts et menaçants de celui
qui déteste le péché, et dans celui-ci, un souvenir gênant
de l'autre monta en lui, et Erik sentit qu'il traversait une
certaine forme de choses, et c'était petit. Il pouvait sans
doute en attacher quelques-uns et dire ce qu'ils faisaient,
tandis qu'une autre partie, c'était plus rigoureux. Dans
quelle liste mettrait-il de telles choses, qui avaient mal
tourné, mais qu'il avait voulu dire quelque chose de mal
depuis le début, ou autre. Erik restait bas, plus il
continuait sa planification. Il y eut une rivière de péché
glacée et de noir de carbone qui le submergea. Il était sur
le point de perdre sa bonne humeur, et c'était la dernière
chose dont il voulait se débarrasser, un tel jour.

Tobbe a choisi de rentrer chez ses parents, et cacher ce
que les deux fri extrémités di g à partir du cimetière et de
sécuriser les choses qui se trouvent dans la cabine des
parents. Pendant ce temps, Erik semblait de plus en plus
heureux, et juste comme il l'était, les premiers, rayons de
soleil dans le ciel vinrent et dorèrent les lettres noires de
la liste d'Erik.

Chapitre 27

Puis Erik leva la tête et jeta un coup d'œil au ciel, d'où
venait le bruit horrible, et qui prit possession de la petite
communauté en entier. Qu'est-ce que c'était que ça, pensa
Erik, qui réalisa dans son silence que ce n'était pas
seulement une vengeance qu'il ferait sur le propriétaire
avec ce son étrange.

Tobbe est allé voir sa copine et á envoyé Eva dans la
voiture qu'il lui avait empruntée, et a également
commencé à regarder dans le ciel après des choses
louches. Il ne voit rien. Après un moment dans la voiture,
il s'est rendu compte que le ciel avait reçu une lumière
étrange et ombragée, au même moment, Tobbe a reçu un
SMS d'Eva auquel il ne pouvait pas répondre. Maintenant,
il pensait qu'il était juste d'appeler Erik, et á arrêté la
voiture dans une secousse lourde, ce qui
a poussé Tobbe contre la boîte à cause de la ceinture de
sécurité qu'il n'avait pas. Il quitta la voiture et commença
à appeler Erik directement depuis la voiture.
- Que diable se passe-t-il? Dit Tobbe à Erik, qui avait
également entendu ce son et vu la lumière.
- Erik, qu'est-ce que c'était que ça? Dit Tobbe.
- Je ne sais pas, dit Erik, qui semblait inquiet, maintenant
ça semble avoir commencé, dit Erik d'une voix inquiète.
- Vous Erik. Nous devons vérifier cela! Ça ne fait pas du
bien.

Puis Erik leva la tête et regarda vers le nord, où la grande
lumière roulait dans le ciel, et que Tobbe aperçut dans la
voiture. Devant ce spectacle, il a dû d'une manière ou
d'une autre avoir compris qu'il ferait bientôt face à un être
d'une si merveilleuse gloire, qu'il ne lui était pas possible
de le maîtriser ou de le comprendre.
 C'était un homme compliqué, qui ne comptait pas ou ne
mesurait pas, comme nous le faisons. Cela ne valait pas la
peine d'être assis ici et anxieux et horrifié. Tout
deviendrait réalité avant lui, comme le pouvoir, la
lumière, la richesse, le plaisir, la joie et en dessous.
- Erik! Maintenant, vous citez simplement votre
mère. Erik a assemblé le livre, s'est levé et a mis son
poing dessus.

- Je ne peux pas´ accepter ça, mais c'est peut-être plus
facile de régler l'affaire, maudit Tobbe. Erik ne voulait
pas battre Tobbe à la merde, même s'il en valait la peine,
avec ses mots méchants.

Erik, Tobbe et Eva, savaient que quelque chose se passait,
et tout le trio NE entend parler qu'une voiture avec un son
rugissant vient un peu plus loin. Tous les trois se
demandent clairement qui c'est dans la voiture.
Tout le monde était à la fois silencieux et se demandait
qui allait apparaître. Tout le monde voulait savoir ...
La voiture s'est arrêtée et tout le monde avait l'air
complètement interrogé. À l'intérieur de la forêt,
l'automne avait fait son apparition, qui se révélait
maintenant comme le froid qui se faisait sentir. Soudain,
le trio ne vit que deux personnes à l'ombre s'avancer. Les
deux personnes qu'ils ont vues étaient la mère d'Erik et
Mme Watson. Erik eut l'air surpris en voyant un
fatôme. Tobbe fixa Eva. Maintenant, il vient
d'être confirmé que la mère d'Erik, et Eva
connaissait l'autre. Erik se demandait comment, il wa s
beaucoup de choses louches qui hap Pend, et tout
le monde pensait à la situation.
La mère d'Erik était apparemment une forme de leader, et
tout le monde semble se connaître. Erik n'aimait pas ça,
compte tenu du slammer, où chacun prendrait soin de lui-
même et se soucierait de tout le reste. Mais
apparemment ce n'était pas comme ça pensa Erik.
Maintenant, il y avait soudainement quatre personnes
devant Erik, et il se demandait principalement ce que
faisait la mère là-bas.

-Je vais vous dire comment agir avec un pentagramme, et
vous donner des connaissances pour que vous sachiez
comment faire. C'est comme ça. Vous avez tous déjà vu

un pentagramme. C'est une étoile à cinq branches, dont les extrémités sont reliées par cinq lignes.

- Maintenant tu dois abandonner, maman.

- Maintenant écoute mon fils. Parfois, on peut voir une étoile à cinq branches dans un cercle. Il est également appelé pentagramme, bien qu'il ne soit pas accepté en mathématiques, car il détruirait la formule mathématique. Le cinq étoiles au milieu d'un cercle est parfois appelé pentacle à la place, pour le distinguer de la formule mathématique.

Le pentagramme a toujours été considéré comme un symbole magique. Il avait des significations différentes dans différentes cultures et était déjà utilisé par les prêtres et les magiciens à la fin des années 3000 avant JC. En général, le pentagramme représente la magie blanche quand il a la pointe vers le haut, et la magie noire quand il a la pointe vers le bas.

- Oh yeahhh, donner jusqu'à maman, vous nous faire disparaître toutes vos pensées! Erik est devenu rouge au visage, car il avait honte d'elle. Dans le christianisme, le pentagramme est un symbole des cinq sens. Dans le judaïsme, le pentagramme a été le sceau officiel de Jérusalem pendant un, certain temps.

Certains mélangent le pentagramme avec l'étoile de David, mais l'étoile de David n'est pas comme le pentagramme, car il a six en-têtes. Dans la religion naturelle wicca, il représente les cinq éléments terre, feu, eau, air et esprit, et est un symbole de foi. Dans le satanisme, les pentagrammes sont faits avec la pointe dirigée vers le bas, et à l'intérieur d'un dessin d'une tête de chèvre. Il s'appelle le sceau et représente l'Église de Satan.

- Mère! Maintenant, vous avez gardé un long discours d'avertissement sur la force obscure, a déclaré Erik, qui voulait que Tobbe se soucie de ce que les deux amis avaient prévu, au lieu d'écouter la mère, ce qu'il n'a pas fait.

Mme Watson a commencé à prendre les choses qui se trouvaient dans le sac, qu'elle a emporté avec elle pendant le voyage. Il y avait des vêtements qu'elle a commencé à porter et qui prend maintenant la forme d'une religieuse.
- Tobbe a commencé à avoir l'air drôle, dit Erik, quand il tourna la tête et regarda sa mère, Mme Watson et Eva ... Ce ne fut pas sans qu'Erik se mette à rire bruyamment, car Tobbe semblait ressembler à une montagne musculaire qui ne Je ne sais pas quel devant ou quel dos.

Mme Watson pensait que c'était différentes créatures délicates qui se trouvaient derrière les étranges lumières. Peut-être y avait-il des âmes qui ne lui avaient pas été autorisées au paradis, ou en enfer, qui parcouraient paisiblement la terre, avec une lanterne comme seule lumière. Si vous commencez à suivre ces lumières, elles ne font que pénétrer plus profondément dans la forêt, pour ensuite sortir et laisser un mensonge. Une autre créature qui pourrait être considérée comme une lumière fantôme dans la mythologie. C'était une fée et un plaisir naturel. Donc c'est sûr, dit mon autre. La même idée de base s'applique aux lanternes. Ils ont également conduit ceux qui ont suivi après avoir perdu. Heavenly Shit Vraiment ... Les lanternes étaient des âmes peu recommandables. Au cours de leur vie, ils avaient travaillé avec l'arpentage des terres, et avec diligence mesuré les erreurs pour obtenir plus de terres, ou déplacé leurs limites de terrain sans permission. Ils maintenant circulaient avec leurs lanternes la nuit.

Mais les compteurs malhonnêtes pourraient également éviter la lanterne, et à la place se promener et mesurer les

anciennes limites pendant des siècles après sa
mort. L'esprit a alors fait le tour avec une verge qu'il a
rencontrée dans le sol.

Quelle est la vérité derrière les lumières
fantômes? Dit Tobbe. Une explication scientifique est que
c'est le gaz des marais, qui pénètre hors de la terre et
s'enflamme spontanément.
- Écoute maintenant, dit mon autre. Clairement ce n'est
pas du gaz, nous avons un être, il n'y a pas de gaz visible
dans les nuages, j'espère que vous vous en rendez compte,
même si Erik aurait préféré prendre cette explication
comme raisonnable ……… hahahaha!!!!!
Je serai vraiment ému si vous pensez la même chose, mon
fils, et que vous regardiez Erik avec des yeux
aimants. Hmmm, pensa Erik, qui ne le pensait pas du tout,
et voulait juste qu'elle arrête de mâcher.
- J'ai vécu leur culte, et comment il lave le cerveau avec
ses éléments, et je les ai entendus chanter leur cantique, et
cela ne m'impressionne pas du tout.
- Maintenant tu penses tellement mal mon fils, mais je
respecte ton point de vue même si ce n'est pas amusant à
entendre.

Chapitre 28

Tobbe et Erik ont choisi de quitter Mme Watson, Eva et la
mère. Tobbe a saisi l'occasion et s'est occupé du retour
des deux amis dans la voiture que Tobbe avait empruntée

à Eva. Tobbe a parlé un peu des choses que son père lui
avait racontées plus tôt dans la vie.

Il s'agissait de personnes âgées, qui savaient que autour de
la cour solitaire du monde se trouvait un village
entier. C'était à cette époque où il y avait beaucoup
d'arbres à Halland, et où poussaient d'immenses forêts de
chênes et de hêtres depuis la mer et jusqu'à
la frontière du Småland. Puis le village et ses possessions
s'étaient étendus comme une sculpture, et les arbres
s'étaient tenus autour et l'avaient protégé. Mais alors la
forêt était devenue la pierre angulaire, et pas
seulement cette forêt, elle était la plus proche, mais toute
la forêt de toute la région, oui, toute la forêt de Halland.

On a dit que les frères Persson auraient été heureux
d'avoir réussi à se débarrasser de la forêt. Ils étaient
maintenant en mesure de disposer leurs champs jusqu'au
bout et ils étaient autorisés à libérer le bétail sur des
plaines ouvertes, où il pouvait facilement être gardé.

C'était quelqu'un qui se plaignait que le temps n'était
jamais calme, car les arbres ne recevaient plus le vent, et
d'autres étaient ennuyés de devoir aller
jusqu'à Småland pour ramasser du bois de
chauffage. Mais personne n'était vraiment
mécontent. Personne ne pensait qu'il y avait un danger à
cela, que la forêt avait disparu.
La ferme des frères Persson était, comme je l'ai dit, juste à
côté

 l' eau et les grands champs tendus tout le long de l'eau, et
il est maintenant dit que quelques années après la fo reste
était abîme, je t est arrivé, un automne que la tempête
a déchiré quelques fosses d'herbe flétries par la
rive. Sous les touffes d'herbe, il y avait du sable fin et

léger. Il ne se composait presque de rien d'autre que des coquilles de moules et de coquillages, qui avaient été broyés à la farine la plus fine sur le grand moulin de la mer, et il a été soulevé avec le vent et a commencé à errer. Puis ce fut comme si le vent ne pouvait pas´ quitter la plage au repos.

L'herbe était sèche, car la forêt ne retenait plus l'humidité, et elle était arrachée par la pierre sans la moindre difficulté. De cette façon, de plus en plus de sable passait à la lumière du jour.

Il a dérivé dans les airs, a dansé pendant un moment, et est retombé en dérives dures et blanches, un peu comme un flocon de neige.

Lorsque les paysans Persson ont vu ce jeu pour la première fois, ils n'y ont rien pensé. Mais au printemps suivant, ils ont remarqué que les champs les plus proches de la mer étaient en mauvais état. C'était juste une fine couche, et cela ne semblait pas être très bénéfique pour la végétation.

- Tu peux faire que les gens t'écoutent Tobbe, dit Erik.

Tout cet été a été extrêmement sec et venteux. La graine ne pouvait pas pousser, elle s'est desséchée et s'est réduite en rien. En dessous, le sol était sec comme une peluche, et chaque jour le vent en déchirait tous les nuages et l'emportait. Mais sous la fine couche de terre, encore une fois le sable de mer léger, moulu comme de la farine, était prêt à danser avec le vent. C'était ainsi, qu'à la fin de l'été, la tempête avait de grands champs pour jouer, et dans le village, les paysans étaient assis et voyaient comment elle soulevait les masses de sable, les expulsait contre le ciel, les roulait et les jetait. vers le bas dans des dérives et de petites collines alors qu'il se déplaçait et changeait le lendemain.

Les frères Persson ont dit que, année après année, le vent
a tout détruit de plusieurs champs, et les paysans ont eu de
moins en moins de terres à cultiver. Ils ont amené un
combat contre le sable, parcouru les clôtures et creusé les
fossés, mais rien ne semblait aider. S'ils labouraient et
déchiraient, c'était comme si cela aidait le vent à déchirer
le sable, et s'ils laissaient la terre reposer en paix, elle
devenait bientôt tellement inondée qu'une paille verte ne
pouvait pas pousser.

Il ne suffisait pas´ que le sable détruit les champs, il n'y
avait pas de fin au désagréable qu'il apportait. Il gisait en
dérives sur le pas de la porte, quand le matin vous ouvriez
la porte du chalet, il en fouettait un au visage quand vous
sortiez, il se précipitait dans la cheminée et se mélangeait
à la nourriture, et sur les routes et les sentiers, il se
trouvait dans un tel couches profondes, que toutes les
marches et occupants devenaient sans cesse laborieuses.

Bientôt, les habitants du village ne pouvaient plus
guérir. En quelques années, deux d'entre eux ont démoli
leurs maisons et les ont installées plus à l'intérieur des
terres. Chaque printemps, quelqu'un déménageait, et
finalement il ne restait plus qu'une ferme pour tout le
village.

Maintenant, ils attendaient qu'aucune de ces fermes ne
dure longtemps au milieu des champs de sable volant.

Mais c'est devenu ça de toute façon. Le paysan, qui le
possédait, était de ce genre de gens qui ne voulaient pas
être conduits un moyen. Ce n'était pas parce qu'il était
tellement amoureux du quartier, qu'il ne pouvait donc
s'épanouir nulle part ailleurs, car il ne voulait pas´

changer de lieu de résidence, mais il ne pouvait pas tolérer d'être contraint de déménager contre son gré. Il préfère rester là où il était et se battre avec le sable.

Puis il arriva que son fils et tous ceux qui venaient après lui à la ferme étaient du même avis. Ils ne voulaient pas qu'on leur dise que le sable les obligerait à passer de la ferme, aussi longtemps qu'ils pourraient soulever une pelle pour le retirer. Il n'y avait pas de combat facile à mener, surtout parce que personne ne leur á appris comment le mener. Personne ne leur a dit comment attacher le sable pours qu'il reste immobile. Ils se contentaient de parcourir des clôtures serrées autour des champs les plus proches de la maison, pour au moins pouvoir les préserver.

Ces gens n'ont pas demandé de vivredans la pauvreté à cause de leur obstination. Ils placent ceci, pour ne pas être chassé, plus haut que toute autre chose. Au lieu des grands troupeaux de bovins qu'ils possédaient auparavant, ils n'avaient plus que quelques vaches et un seul cheval. Mais tant qu'ils pouvaient les nourrir, ils pouvaient encore rester.

Quelque chose qui les a confirmés était probablement que cela a suivi et a abouti à un tel combat. Les gens aimaient voir qu'ils ne se laissaient pas expulser, et quand le fermier Persson marchait dans la foule, il y avait toujours quelqu'un qui se retournait pour chercher celui qui avait le pouvoir de se démarquer parmi le sable volant.

Il y a cent ans, alors que la lutte entre l'homme et le sable se déroulait avec le plus d'empressement, il semblait que le sable prenait le dessus. Le fermier Persson mourut subitement dans ses meilleures années, et le fils qu'il laissa derrière n'avait pas plus de quinze ans, il

passa donc sous la tutelle de sa mère. C'était elle qui
devait maintenant mener la bataille contre le sable, et bien
qu'elle y eût bien fait, personne ne croyait qu'elle avait
assez d'endurance pour vaincre un tel ennemi.

Chapitre 29

Son fils était Alex. À son apparence, il était comme sa
mère, tout aussi brillant et beau. Erik, il semblait avoir un
léger tempérament de nature, mais tant que son père

vivait, il lui avait donné tous ses soucis, de sorte qu'il était
devenu très déprimé, et était trop sérieux pour son
âge. Lui et sa mère étaient de bons amis. Ils ont convenu
qu'ils essaieraient de rester sur la ferme Brothers Persson
et de ne pas se révéler pire que les propriétaires
précédents.

Quand le fermier Persson était mort depuis un an, un
nouveau garçon est venu à la ferme. L'autre frère n'avait
pas vu le garçon avant son arrivée à l'automne.

"Tu dis juste de la merde Tobbe, et tu as l'air d'un vieil
homme qui pense au bon vieux temps, et cela m'énerve",
dit Erik.

- Comment peux-tu dire ça? dit Tobbe, qui regarda
attentivement la déclaration d'Erik.

- Clairement je suis énervé contre toi Tobbe! ... Ne
comprenez-vous pas cela, lorsque vous passez beaucoup
de temps à entendre des questions au lieu de vous
concentrer sur des choses importantes dont nous devons
parler. Oui, nous devons planifier comment gérer ce
putain d'imbécile, et je pense que c'est important, a
déclaré Erik.

Il pense que sa mère l'influence à travers ses
valeurs. Maintenant, Tobbe et Erik sont arrivés avec la
voiture. Tobbe descendit de la voiture rapidement suivi
par les pas d'Erik.

Tobbe se mit à tâtonner dans la vieille maison où il vivait.
Une vieille cafetière se tenait sur une étagère de la cabane
de Tobbe qui n'avait pas pu en profiter depuis de
nombreuses années. Un jour, Tobbe s'est tourné vers Erik
et lui a demandé s'il ne pouvait pas mettre le café.

- J'imagine que je peux, si seulement je peux le regarder,
dit Erik, qui trouve que c'est sympa et qui a l'air vieux

 - Oui, c'est vrai, dit Tobbe, et il eut l'air un peu surpris
qu'il s'intéresse aux choses anciennes, mais il semblait

l'être, alors il laissa Erik regarder, et en
attendant Tobbe lui-même alla voir Erik et prit la cafetière
c'était donc du café bouilli.

Après la pause-café, les deux amis ont continué à riposter
dans cette pensée, sur la personne malade qui avait
trompé la mère d'Erik. Toutes les armes et une scie tigre
avec une lame supplémentaire étaient maintenant dans le
sac. Tobbe s'est rendu compte à un moment faible qu'Erik
était vraiment dangereux, et cela ne semblait certainement
pas avoir de limites en matière de violence ou de
vengeance, et Tobbe était également inquiet de la
situation qui avait apparemment commencé à s'appliquer.

Erik pensait qu'ils rentreraient tous les deux chez lui et
attendraient le soir, puis il comprendrait que les anges
pleureraient quand Erik se tenait devant lui, et regardait
droit vers cet idiot ...
- Erik Eriiiiiiik!! Êtes-vous complètement obsédé par
l'idée de penser à lui? Après tout, ça fume dans vos
oreilles!!!! Vous êtes absolument fou Erik! Calme-toi
maintenant pour que nous puissions faites cela dans les
faits, où nous pouvons effrayer la personne, pas la tuer.

- Vous avez dit de le tuer? Hmmm, il n'y a rien que je
veux faire à ce malade, dit Erik, qui semblait avoir neigé
au total ment sur cette personne. Ils commencèrent tous
les deux à se calmer, même si Tobbe pensait qu'Erik était
sur le point d'éteindre la personne en question.

Après quelques jours, Tobbe est redevenu inquiet. Erik
avait raconté à quel point sa mère avait entendu le son de
sa jeunesse, puis la créature avait produit un violon et
avait commencé à jouer.

- Oui, ça doit être NACKEN. dit Tobbe qui avait l'air
effrayé et inquiet.

- Bonjour, écoute maintenant, Tobbe, ce que la mère a dit
...

Au début, il avait joué lentement et de manière incertaine,
comme s'il n'était pas très à l'aise dans l'art, mais même
avec la tête en arrière, ses yeux ont commencé à briller, et
les coups de vitesse et de puissance sur les cordes. Il s'est
avéré qu'il était un joueur. Quand il est arrivé, les femmes
ne pouvaient pas rester immobiles, mais elles ont
commencé à danser. Tobbe, de son côté, restait immobile
et écoutait. Il n'avait à peine entendu aucun bon joueur
auparavant, et il était tellement content de la musique,
qu'il voulait juste rester immobile et aspirer les notes dans
ses oreilles. Alors qu'il était assis écoute comme il l'a fait,
quelque chose d' étrange happend.

C'était un souvenir difficile qui apparaissait dans ses
pensées et qui le troublait dans le plaisir. Il a vu par lui-
même un tel compagnon, qui avait l'habitude de parcourir
le pays. Il est venu dans leur cabine avec deux gros
chariots, qui semblaient juste chargés de choses de merde,
et étaient tirés par des chevaux misérables et affamés.

Avec les wagons suivaient de longs hommes maigres aux
visages pleins de cicatrices, des femmes laides et grasses,
et une infinité de Lismare aux yeux noirs,
qui rôdent partout et qui se taisent pour tout ce qu'ils
voyaient. Le père n'était pas à la maison quand ils sont
venus, et la mère les avait effrayés et forcée de leur
donner tout ce qu'ils demandaient. Elle devait leur donner
de la nourriture, de l'eau-de-vie, du foin, de la laine et des
vêtements, alors quand ils ont finalement réussi leur
chemin, la maison avait été vidée, et tout cela il se
souvenait maintenant quand il jouait. Il essaya de s'en

éloigner, mais il y avait quelque chose dans le jeu qui lui
rappelait les voix fortes.

- Une telle merde n'a pas de quoi s'inquiéter, dit Tobbe,
qui pour une fois a fait quelque chose qui n'était pas
débraillé. Erik pensait qu'il voulait écouter ses paroles, et
était apparemment de retour comme avant. Les
deux Tobbe et Erik ont commencé à établir les
choses Tobbe avait dans son sac pendant un, certain
temps. Après tout, les deux amis sont retournés à la
voiture. Leur regard était un fait. Leur silence disait plus
de mille mots. Ils ont tous les deux pris la route avant
d'arriver à la voiture où ils ont pénétré dans la foule, mais
ensuite Mme Watson est arrivée sur la même route, et
s'est bien sûr demandé où ils allaient.

Rapidement, Erik a répondu qu'ils étaient sur le point de
prendre une pause-café ou de regarder un, film. Mme
Watson ne les croyait certainement pas, avec ce regard, et
c'était compréhensible. Les trois sont allés dans le sens
unique, mais Erik et Tobbe ont vérifié où Mme Watson
allait, pour éviter toute sorte de conflit. Quand ils furent
tous les deux sûrs que Mme Watson était partie, ils purent
retourner tranquillement dans la voiture. Quand ils étaient
tous les deux assis là, ils ont commencé à parler de l'idiot
et de la façon dont ils le feraient. Ils ont parlé longtemps
et longtemps, et maintenant a quitté la voiture pour
aller en bus le dernier bit.

Chapitre 30

Le bus a ralenti et avec un son respirable, la porte arrière s'est ouverte. Erik se tenait sur le trottoir. Aujourd'hui, il faisait chaud! Il faisait 28 degrés et plus dans la rue. Il sentit la sueur sur son front, et rentra chez lui, la chemise collée à son dos, et un flux constant de sueur regardait le caleçon. Imaginez que l'air froid ne puisse jamais fonctionner correctement sur ces satanés bus. Cela ne fait que quelques jours que le froid a fait son chemin et maintenant il fait chaud.

Comme le reste de la ville, le quartier était calme et désert. Ceux qui auraient pu aller à la plage à quelques kilomètres. Même les oiseaux se sont assis tranquillement et ont refusé de quitter l'ombre des arbres.

- Aujourd'hui il fait chaud! Dit Tobbe.

- Vous Erik? Continuant Tobbe.

- Qu'Est-ce que c'est? Répond Erik.

- Oui, il y a un vieil homme dans un tracteur qui te regarde de façon chronique, Erik.

-Pourquoi pensez-vous donc Tobbe!?

-Pense? Dit Tobbe, qui était redevenu paranoïaque en voyant le regard de l'homme. Erik a jeté un coup d'œil à la personne elle-même et s'est vite rendu compte que c'était "Le vieil homme à la facture heureuse" qu'Erik l'appelle, et qui était marié à la personne qu'Erik appelait la Prune.

-Comment pouvez-vous aimer cette personne Erik? Il vous a presque écrasé avec son putain de tracteur, il a l'air ennuyeux ...

- Calme-toi maintenant Tobbe, il a mis le cordon sur son tracteur et a eu du mal à rester ...

- Haha je ne pense pas une seconde à Erik, il est en mousse alors je garde mes yeux sur lui, dit Tobbe ...

Erik voulait lui faire confiance, et même si Tobbe avait créé ses doutes, il voulait libérer cette personne, mais se demandait clairement pourquoi Erik l'appelait le «vieil homme à la facture heureuse»

-Oui, parce que je n'ai jamais su comment il s'appelait, alors je l'ai appelé comme ça, et sa femme, j'appelle la prune, parce qu'elle est belle comme une brise matinale, et la meilleure partie est que l' homme des factures ne connaît pas ces pensées.

- Ou peut-être que c'est ce qu'il comprend et essaie de vous écraser sans le dire à sa femme. Dit Tobbe.

-Oui, dit Erik, maintenant on s'en fout, on a autre chose à faire.

Les quatre escaliers ressemblaient à un quart de travail et il regardait toujours vers l'escalier avant de fermer la porte et de verrouiller les deux serrures supplémentaires. Aucune lettre dans la boîte aux lettres.

Enfin, il en a trouvé un pour éviter d' avoir tout le courrier par terre parmi toutes les bactéries et la saleté. Eh bien, c'était juste de la publicité et des factures qui arrivaient, donc aucun courrier n'était égal à une bonne journée. Puis Tobbe dirigea ses pas dans la cuisine et vérifia que le réfrigérateur et le congélateur étaient fermés.

Puis place au poêle. La main se balançait quatre fois sur tous les boutons, d' abord avec la main droite, puis la gauche. De. Bien. Il posa le sac à sa place exacte à côté de la petite table de la cuisine et sortit dans la chambre. Avec des yeux concentrés et clairsemés, il jeta un coup d'œil sur le Great Flow. Une sueur goutte dans les yeux.

Y avait-il autre chose à ajouter? Il a rappelé que la billetterie de la pharmacie portait aujourd'hui le numéro 18. Le même numéro que la ligne de bus pours le travail. Et aujourd'hui, c'était le 18 juillet. Cela importait-il? Il en doutait, mais prit le crayon et écrivit «18» au bas de l'un des papiers. Puis il a pris le clip du journal d'aujourd'hui, celui qui rapportait la mystérieuse église à l'est de la ville. Lecture rapide. Eh bien, pourrait avoir de la pertinence. Il l'agrafa parmi d'autres morceaux et réfléchit un peu plus.

Non, il est temps de faire une sieste. Le moment préféré de la journée où il pouvait laisser le cerveau penser librement pendant un moment avant que le sommeil ne prenne le dessus. Il se jeta sur le dos et ferma les yeux. Bon nombre des liens dans la Grande Bataille étaient clairs.

 Trop évident pour être considéré comme une coïncidence. En fait, aucune coïncidence n'existe, selon Tobbe. Tout est lié, bien que souvent trop complexe pour être compris. Le plus gros prio aujourd'hui: l'accident de voiture. Pourquoi? Pourquoi a-t-il parlé à lui? Quelque chose était sur le point de le trouver. Les autobus. Vague De Chaleur. Les chemins de pensée du cerveau ont commencé à osciller. La falaise du magasin a survolé la forêt et a explosé. Figure 18. Toucher l'essence. Tobbe eut une légère sensation de mettre le réveil sur le radio-réveil mais partit parmi les nuages et s'endormit.

Il a nagé ses yeux grands ouverts. Combien de temps avait-il dormi? Le radio-réveil a signalé 11h16 avec des chiffres rouges d'alarme. Satan! Avait-il vraiment oublié de mettre l'alarme? Une routine qui était assise dans la moelle épinière de la garde à vue. Il mit un pichet de café fort, puis il ouvrit deux fenêtres pour prendre un peu de

190

courant. L'appartement était comme un four. Retour à la chambre et au flux. Tobbe s'est ensuite assis et a travaillé sur la clarification des lignes et des contextes. Plus de café. Congé de maladie du magasin demain. Pas de collation. Cela demandait tout son temps pour le moment. Maintenant, les choses ont commencé à se manifester. Et semblait plus ... défenitive. Une sorte de percée semblait proche.

Le regard de Tobbe suivit les plans qu'Erik avait imaginés. Étape 1 ... qui était l'ennemi. Comment reconnaître les plans?
À 14 h 17, il s'est écrasé dans son lit, épuisé mentalement. Le lendemain matin, il avait téléphoné et un congé de maladie. Il est temps de prendre un petit déjeuner avant que le travail de réflexion ne continue.

Chapitre 31

Dans le couloir, en se dirigeant vers la cuisine, il s'arrêta brusquement. Quelque chose cloche dans le coin de l'œil. T ici! Dans la boîte aux lettres. Le cœur a commencé. Pour b bes couru vers l' avant et émergeaient dans le trou. L'escalier était calme et vide. Entrez rapidement dans la chambre et jetez un œil à travers le store. Personne sur la pelouse. La fenêtre de la cuisine. Pas une vie dans la rue. Juste un camion poubelle qui est parti loin dans la chaleur. Il s'approcha du colis dans la boîte aux lettres alors qu'un chasseur s'approchait d'une carrière inconnue. Papier brun. Enroulé grossièrement avec une ficelle grossière enroulée autour. Une toux et un léger scintillement comme pour se convaincre que c'est vraiment arrivé. Quand a-t-il été jeté? Ce soir? Il a été extrêmement légèrement réveillé mais n'a pas entendu une merde. Une profonde inspiration souleva doucement le paquet et glissa lentement vers la table de la cuisine.

Il contenait quelque chose de dur et d'assez lourd. Aucun expéditeur au dos non, plus. Très soigneusement, Tobbe a enlevé le papier morceau par morceau. Soudain, quelque chose a glissé et a couru avec un lourd bruit sourd sur le sol. Instinctivement, il se sépara avec ses pieds. Un gros couteau! Un tel couteau de boucher enregistrable à l'ancienne avec un manche en bois riveté. La large lame mesurait certainement trente centimètres de long. Morceaux d'acier. Les yeux fixaient juste comme s'ils ne pouvaient pas comprendre ce qu'ils voyaient. Un couteau de boucher! Quelqu'un m'a donné un putain de gros couteau de boucher. » Marmonna Tobbe. Puis il a vu

qu'un petit morceau de papier était également tombé au sol. Il l'a déplié et a lu une écriture très démodée:
"À votre protection. Au cimetière demain.
Sincèrement, anonyme."

Le regard á erré plusieurs fois entre le couteau et la lettre lorsque le signal téléphonique a soufflé le silence brûlant en atomes. Tobbe vacilla et, après un troisième signal, il attrapa le combiné d'une main tremblante et moite.
- Tob soyez ici.
Une voix rauque à l'autre bout:
- Hé, Tobbe! Il s'agit de Per de la compagnie d'assurance. Cela s'applique à l'inspection de la maison, que la mère d'Erik a achetée.
Pour BBE avait jamais aimé que béat idiot. Et ce dialecte n'a pas amélioré les choses. Le regard était à nouveau braqué sur le couteau posé sur le sol de la cuisine.
- Oh excusez-moi. Inspection?
- Oui, je ne sais pas pourquoi tu ne t'ouvres jamais ni n'entends parler de toi, mais ce sont des choses importantes concernant l'église et l'être. Vous comprenez probablement cela. Il ne reste plus que votre appartement.

Tobbe a écouté à moitié absent parce qu'il a essayé de clarifier si l'appel avait à voir avec le paquet. Avec un, certain soulagement, il a conclu que non.
- Bien sûr, c'est clairement important ...
Mais Per avait pris la vapeur et avait versé sur:
- Il semble s comme vous ne l' avez pas compris. Par conséquent, j'annonce maintenant que nous avons l'intention de procéder à une «inspection du coup d'État» demain à 9 heures. Si vous n'êtes pas chez vous, nous entrons avec la clé principale. Est-ce que ça te va, Tobbe?

Tobbe a tenté à moitié réussi de paraître agréable:

- C'est bon! Et si je n'est à la maison, vous entrez la clé
principale. Nous courons dessus. Hey!
Il a rapidement mis le combiné, pour éviter d'entendre
davantage le connard maudit.
Quelques secondes plus tard, Per a été retiré de la
conscience. Tobbe s'assit sur le canapé avec le couteau à
la main et réfléchit.

L'œil absent, Tobbe remarqua les passagers qui montaient
dans le bus aux arrêts de bus. Ils étaient peu nombreux et
presque exclusivement âgés. Une catégorie de personnes
qu'il aimait particulièrement. De petites figures qui
flottaient sans but et ne coûtaient que de
l'argent. Chaussures en daim, manteaux gris, chariot en
permanence. Tobbe a vérifié où le bus était allé… Le bus
s'est cabré et s'est frotté de haut en bas pour le paysage de
prairies fraîches avant que la route 23 continue
son chemin sinueux dans les forêts
d'épinettes. Hm! T hink à Tobbe.
Les doigts travaillaient et se vissaient sur le morceau de
papier en sueur dont le message restait un mantra:
"À votre protection: au cimetière demain.
Sincèrement, anonyme."
Devant une grande prairie, les tentes que les voyageurs
installaient apparurent.

On aurait dit qu'il se souvenait, même s'il n'avait pas mis
les pieds ici depuis qu'il était petit.
Des bus touristiques étaient déjà dans l'avion avec un,
certain nombre de voitures. Une chaude odeur d'herbe
frappa Tobbe alors qu'il sortait. Quatre longues rangées de
tableaux. Tout le monde avait une sorte de toit de tente

pour donner un peu de fraîcheur ou de pluie aux commerçants. À côté de cela, il y avait une autre rangée de

tentes complètes où des collations légères ont été servies, ainsi que les familles dans la tente à bière. Il est retourné à la tente à bière alors qu'il réfléchissait clairement.

Tobbe réfléchit un moment puis décida de commencer avec cette tente à bière. En partie pour se calmer et en partie pour calmer les nerfs qui étaient désormais très stressés. Comme il était encore tôt le matin, la tente était presque vide. Il s'assit à l'une des tables en bois avec une bouteille de bière. Une variété non testée, et juste parce qu'il aimait la bière et qu'elle avait une belle étiquette, il s'est senti obligé de la tester. Deux grandes gorgées plus tard sont sorties: trop brillantes et sucrées. Atrocement. Il a pris un dernier feuillet et est retourné au soleil brillant. Par où commencerait- il? Et surtout, où est le mystérieux Lismar en? Tout aussi bien pour couper finement les nappes une à une. Une respiration profonde.

Dès la première vente, il a compris pourquoi il n'y avait pas eu de visite de marché pendant toutes ces années. La table courbée avec des maniques et de l'artisanat. Toujours la même merde! Incroyable que les gens puissent parcourir de longues distances pour cela. Le vendeur était, bien sûr, un ragata aux cheveux gris du moyen âge. Quand elle a vu Tobbe, le sourire du vendeur a frappé et ses mains ont commencé à se plier automatiquement. Dieu merci, il avait les lunettes de soleil accrochées dans le t-shirt. D'un mouvement rapide, ils continuèrent, puis il s'en alla. La phrase d'ouverture de la femme est restée coincée dans sa gorge et un peu

agacée, elle a commencé à repérer le prochain client
potentiel.

À la table numéro deux, un homme plus âgé s'est levé et a
vendu des paniers tressés et des planches à découper avec
des motifs floraux peints à la main. Tobbe regarda le
vendeur et l'artisanat sans s'arrêter.

Plus loin, il a vu beaucoup de CD et de films
DVD. Surtout beaucoup de volumes de collection avec du
rock des années 50, beaucoup avec des noms fastidieux
comme " Picks up rock 11" et autres. Pendant qu'il
tripotait ses pieds, ses yeux s'enroulèrent autour de la
zone. Scanné. Lisez. Impressions filtrées. De plus en plus
de personnes étaient arrivées, et l'endroit commençait à
être un grand nombre de personnes et des toits de
tente. Des parfums de pop-corn et de barbe à papa
passèrent dans la chaleur croissante. Le chagrinmonta
lentement mais sûrement. Il a soudainement frappé que
quelqu'un du magasin puisse se présenter. Ce serait tout
à fait Unsui table de mensonges parce qu'il était en congé
de maladie. Mais jusqu'à présent, aucun visage familier
n'est apparu. Il continua son chemin.

Le rédacteur de la lettre pourrait être n'importe qui ici. Il
n'est peut-être même pas vendeur. Un appel connexe:
- Tobbe! Que se passe-t-il?! C'est toi? Ça fait longtemps!
Un gars dans la quarantaine est venu avec des pas
rapides. Tobbe se tenait très froid. Mais le gars est passé
directement devant lui et a serré la main d'un autre plus
loin. Il corrigea ses lunettes de soleil et respira le
soulagement. La sueur commença à regarder le
dos. Mais Tobbe a affirmé que cela pouvait être une
journée très intéressante et est allé plus loin le long des
étals du marché.

- Connais-tu ceci?

Une femme d'âge moyen avec un bandana à motifs psychédéliques pour devenir un œil de larme lui tenait quelque chose.

- Dreamcatchers! Du vrai truc. Fabriqué par des Indiens.

Elle le leva avec un sourire surprenant.

- Vraiment bon prix aussi. Savez-vous comment cela fonctionne?

- Bien. Mais en a déjà un. a menti Tobbe, et a continué avant qu'elle n'ait la chance de continuer son plaidoyer Indiens incroyables.

Méthodiquement, il avait maintenant récolté deux longues rangées de table sans avoir de tétine. L' homme est -il ici? Et si la lettre n'était qu'une mauvaise blague? Il y avait des centaines de personnes ici et personne n'avait le moindre signe de vouloir le contacter. Mais la sensation d'estomac á insisté sur le fait que quelque chose de grand se passerait ici aujourd'hui. La reprise est revenue et la troisième rangée á attendu.

A la première table, des montres ont été vendues. Les vendeurs étaient deux messieurs aux cheveux noirs, qui discutaient de quelque chose entre eux. Les montres étaient quelque chose que Tobbe aimait regarder. La plupart étaient fades et bon marché. Beaucoup de mauvais exemplaires Breitling et Rolex pour quelques centaines de s. Ils ont fait un voyage pendant quelques mois. Si vous aviez de la malchance, les mains s'étaient détachées jusqu'à ce que vous rentriez chez vous. Il a vu des montres hilarantes qui avaient l'air démodées.

Tobbe leva les yeux vers l'un des hommes usés.

- Excuse?

Il montra l'horloge dans la main de Tobbe.

-Où le style est vieux. Assez cool, hein?

Tobbe hocha la tête et repoussa l'horloge.

Soudain, son nez a heurté quelque chose qui a
secoué. Une croix de fer?

Chapitre 32

La table suivante était complètement encombrée de
gadgets. Dagues, casques, petits drapeaux et plus
encore. Au-dessus, pendent de gros chocs de médailles,
de colliers et de diverses croix de fer de la guerre. La
plupart des gadgets avaient une patine assez
convaincante. Un homme a regardé derrière tous les
déchets.
- Des croix qui fuient, hein?
Tobbe a enlevé ses lunettes de soleil. Il n'avait jamais vu
cela sur aucun marché auparavant. L'homme a poursuivi:
- Des trucs réels jusqu'au bout. Tout a sa propre
histoire. Aimez-vous la croix de fer? Beaucoup les
appellent des croix. Mais ce sont ceux avec des doubles
conseils. Les variantes les plus courantes sont l'ancien
symbole du chevalier croisé. Georgskors vraiment
chaud. Sont-ils beaux?
Il tendit un collier à Tobbe qui hocha la tête. Ils étaient
vraiment quelque chose de spécial à propos de la vieille
croix. Lourd et rayé.
Quelque chose de familier chez le vendeur s'est reposé, ou
ressemblait-il à quelqu'un? Il enleva son chapeau de paille
et essuya la sueur avec une serviette avant de se pencher
encore plus près de Tobbe. D'une voix forte, il dit:
- Mais j'ai autre chose ici à voir.
Avec une dune, une paire de lunettes pilote a atterri sur la
table. Modèle à l'ancienne avec verre et cuir usé. Tobbe
s'est adressé à eux. Ils se sentaient lourds dans leurs
mains.

- Aviateurs

- Ouais. Mais personne. Lisez sur la page.

Tobbe plissa les yeux pour indiquer ce qui était imprimé de lettres rouges dans le cuir.

- "L?"

-A appartenu au Lismar. Vous le connaissez ou pas?

- Oui. Allemand, appelé le baron.

- Lui et personne de moins, dit le vendeur en souriant largement. La plus grande rareté du marché. Les collectionneurs paient n'importe quoi pour un tel trésor.

-Et comment pouvez-vous savoir qu'ils sont authentiques?

L'homme a sorti une petite boîte en bois qu'il a ouverte. L'intérieur était habillé de velours rouge et il y avait une lettre et une vieille photo.

"Certificat d'authenticité du Lismar "

Tobbe a soigneusement pris la photo. La carte en noir et blanc et légèrement floue représentait un pilote, souriant fièrement devant son double pont. Sur le front, il avait une paire de lunettes pilote du même modèle. Lorsqu'il a regardé attentivement, il a également envisagé de voir les lettres sur la page. Serait certainement le même qu'il tenait dans sa main.

- Pas mal. Un peu étrange de se tenir sur un marché aussi… simple et de vendre quelque chose de si recherché. Ou?

L'homme se pencha à nouveau en avant et Tobbe put voir quelque chose scintiller dans les yeux gris.

- Pas étonnant du tout, en fait. Ils vous sont destinés.

- Que veux-tu dire?

L'homme remit les lunettes dans la boîte avec le certificat et la photo. Puis il a tiré la boîte contre Tobbe.

- Ils sont à vous. Vous en aurez besoin.

Les yeux brillaient et la personne auparavant si sociale était maintenant devenue très sérieuse et ses yeux semblaient être des éclairs.

- Un cadeau. De Lismare à Tobbe. Alors, prenez-les maintenant. Ils sont à vous.

Tobbe se sentit étrangement absent lorsqu'il reçut le cadeau. Comme dans un rêve, il marchait silencieusement entre les étals du marché. S'il s'était retourné, il aurait vu l'homme qui s'appelait Lismaren, agitant et souriant largement avec ses dents de devant clairsemées, mais Tobbe se dirigeait contre le parking du bus avec la boîte à l'étroit dans ses mains. La tristesse du marché n'atteignait plus ses oreilles et aucune pensée n'était dans son esprit. Embarquement en bus. Le siège à l'arrière. Les yeux étaient comme des boules de verre opaques, et sans aucune idée du temps et de l'espace, il monta et remarqua qu'il était assis dans le bus en rentrant chez lui. Les mains se serraient toujours autour de la boîte en bois et le souvenir commença à se ressaisir avec une excitation accrue. C'était en effet le Lismar e qui se tenait à l'étal du marché, le même Lismare qui a écrit la lettre. Mais que s'était-il passé depuis? Avait-il été hypnotisé? Et Lismar e? Qu'est-ce que c'était vraiment pour un nom étrange?

Tobbe était assis à l'arrière du bus presque vide. La chaleur était comme d'habitude insupportable. C'était un désastre de panique. Une attente chatouillante est venue quand il a commencé à étudier la boîte en bois. En fait, il devra peut-être attendre de rentrer à la maison pour l'ouvrir.

Soudain, un cri se fit entendre. Tobbe se retourna et
regarda par la lunette arrière. Deux gars d' environ 10 ans
ont pédalé en hurlant à toute vitesse dangereusement près
du bus. Il se retourna et ouvrit soigneusement la boîte. Ils
étaient là! Lunettes volantes du baronrouge. Prudemment,
il posa les cendres sur le siège à côté et pesa les dans sa
main. Quel était le problème à ce sujet? Lismar en n'avait-
il pas dit qu'il devrait en avoir besoin? D'une certaine
manière, cela faisait partie de la Grande Opération. Une
sorte d'outil. Il vérifia soigneusement que personne ne le
regardait, puis il mit les lunettes qui lui allaient
parfaitement. Tout était différent à travers les verres en
verre épais rayés. Le monde a basculé dans une lumière
rouge et tout dans le bus semblait légèrement déformé.

Derrière lui, les garçons hurlèrent à nouveau et il se
retourna. Mais il n'y avait plus de cyclisme dix ans
derrière le bus. Au lieu de cela, il vit deux loups à toute
vitesse. Les yeux brillaient d'une lueur jaune et les
énormes mâchoires frappaient dans les airs ainsi la
salive portait. Une soif de sang folle a jailli dans les
créatures à fourrure. Le bus a sombré dans une courbe
serrée et l'un des loups perdait pied. Mais bientôt ils
étaient tous les deux devant Tobbe à nouveau. Il les
regarda paralysés. Ils regardent avec raideur.

Maintenant, il pouvait même entendre leurs sons. Un
faible grondement et une respiration haletante. Les
longues griffes déchiraient de gros morceaux d'asphalte
alors qu'elles se dirigeaient vers l'avant. Ensuite, le
meilleur a fait un résultat contre la lunette arrière du
bus. Un pas de géant et l' attrape-regard de Tobbe a été
rempli par un trou furieux l. La gorge rouge de la mort. Il
arracha ses lunettes et se rassit sur le siège, les yeux
fermés. C'était comme si le cœur battait la poitrine. Un

bruit sourd a frappé le bus et le chauffeur a ralenti et s'est arrêté. Tobbe s'assit et posa le gelé avec ses lunettes fermement.

Que se passe-t-il?

Le chauffeur est sorti par la porte d'entrée et s'est dépêché derrière le bus. Lorsque Tobbe a regardé par la lunette arrière, il a vu les deux terribles cyclistes. L'un d'eux était toujours assis sur son vélo avec une expression idiote, l'autre était allongé et pleurait juste à côté. La roue avant de la moto avait la forme d'un huit et le gamin s'était gratté les genoux et les coudes assez correctement. Aucun signe après l'apparition de quelques loups. Les traces de l'asphalte déchiré n'ont pas été laissées. Il n'y avait que deux cyclistes ... des salopes?

Chuté et confus, Tobbe mit les verres dans la boîte et sortit par les portes arrière. Sans écouter davantage l'avertissement du chauffeur aux enfants, il prit une profonde inspiration. Il est rentré chez lui le reste du chemin.

Chapitre 33

Juste à l'extérieur du petit centre de la ville se trouvait le
poste de police. Quatre personnes se sont réunies dans une
salle de conférence nauséabonde: le commissaire Anton et
les spectateurs André et Ewa. Le chef de police Tore a
enlevé ses lunettes de lecture et a séché la sueur de son
front.
- Maintenance fixerait ed l'ac maintenant, je sais. Mais
nous devons essayer de nous démarquer.
Anton avait un peu cassé sa chemise. Quelque chose que
Tore ferait remarquer dans des circonstances
normales. Mais la situation en ville ne pouvait guère être
classée sous le terme «normal». Trois policiers sur douze
en arrêt maladie, une vague de chaleur paralysante, et
maintenant un accident le moins mystique.
- OK, messieurs. Il est temps d'attraper ce mystérieux
accident de voiture. Hier, une zone plus petite a été
bloquée par la route 21.
- Où exactement?
- Près de deux kilomètres au large de la frontière
orientale. Dans une… section forestière.
- Section forêt? Je pouvais presque le sentir. marmonna
Anton, tandis que Tore se contentait de souffler dessus, et
continuait à lire ses notes.

- Les techniciens sont prêts avec leur rapport préliminaire,
et voici ce que nous avons en gros. La voiture en question
est un modèle Ford de 92 ans. Fortement démoli. Des
pistes de freinage très étroites partent de la route, à travers
un fossé raide sur la gauche. L'épave elle-même a été
arrêtée par un tronc d'arbre à huit mètres dans la forêt.

- Huit mètres?!
- Oui, j'ai effectivement mesuré, ça doit avoir une putain
de vitesse. La majeure partie est écrasée et beaucoup de
pièces et de verre se trouvent dans la zone. Un homme a
retrouvé le défunt dans la voiture. Le cou a craqué, et une
branche qui a traversé la boîte, et déchiré la moitié du
visage. Ça a l'air trop putain. Un ... Anton a parcouru le
bloc. ... John. 47 ans, et vivant dans la capitale avec sa
mère entre-temps, son appartement a été rénové. Je n'ai
pas encore beaucoup plus sur lui.
- Personne dans le registre? Se demanda André.
- Non, pas tant qu'un ticket de parking. La cause du décès
est assez évidente, mais c'est quelque chose que je ne
trouve pas sage.
Anton souffla.
- Ces foutus imbéciles sur les routes, mais généralement
ce sont des jeunes de dix-huit ans qui ont emprunté la
voiture de leur père, ou des voleurs de voitures
présumés. Un homme de 47 ans impuni sur une route de
campagne la nuit. Au milieu de nulle part? Bizarre. Des
drogues dans le sang peut-être?
- Possible. Le corps devrait être bientôt en
autopsie. Voyez ce qu'il trouve.
Anton secoua la tête. W hy ne pas le service de
la circulation gérer cette situation?

Anton posa ses mains sur la table et pensa sérieusement
aux inspecteurs.

-Par conséquent, il y a des circonstances plus
mystérieuses que l'accident semble très étrange. Aucune
trace de plus de personnes n'a été trouvée. Et le mort est
sur le siège passager.

Göte leva les yeux de ses papiers quand Per de la
compagnie d'assurance entra dans la salle du sous-sol des
infirmières.

- Ah, vous voilà Göte. Désolé de devoir vous rappeler,
mais ça va vite. J'ai appelé Tobbe et j'ai dit que
nous venions aujourd'hui.

- J'espère qu'il est à la maison maintenant, dit Göte.

- Calme. Oui, disons que nous entrons avec la clé
principale sinon. Il le sait.

L'appartement numéro douze était complètement
calme. Les stores étaient tirés, aucun ventilateur ne
fonctionnait, et aucun réfrigérateur ou congélateur n'était
fouetté. Les lumières étaient éteintes et toutes les prises de
l'armoire électrique étaient alignées sur la table de la
cuisine. À côté de lui, sur le lit, gisaient la lettre et le
couteau. Tobbe était assis avec les lunettes du baron rouge
sur son front. Il était heureux. Le gros choc était
terminé. Celui qui était Lismar en avait alors fait don de
l'équipement. Une paire de lunettes qui pourrait révéler le
museau droit de l'ennemi. Montrez à quoi ressemblait
vraiment le monde derrière les voiles des
conspirateurs. Et un couteau pour la légitime défense…
ou les attaques. Peu importe. Les attaques sont la
meilleure défense que vous dites habituellement.

Les marches ont fait écho dans la
montée. Tobbe se redressa et tourna nerveusement le

couteau dans sa main tandis que son regard flottait dans l'appartement sombre. Il se faufila vers le regard de la porte, mit ses lunettes en place et regarda dehors. Les escaliers s'inclinaient dans une lueur de lumière et les murs palpitaient et semblaient presque organiques. On aurait dit que les escaliers montaient dans un boyau géant. Les marches approchaient et Tobbe retint son souffle tandis que la transpiration coulait le long du front. Un léger grognement se fit entendre d'en bas. Les doigts étreignirent le manche du couteau.

Deux têtes apparurent dans les escaliers, elles ressemblaient à des êtres chauves. Tobbe haleta et continua de regarder. Ils étaient sur le rebord maintenant, et l'un d'eux a pointé avec une griffe vers la porte. L'autre acquiesça et sourit d'un sourire horrible et édenté. Des grognements plus déformés. Tobbe a disparu dans l'appartement.

- C'est ici. dit Per en hochant la tête vers la porte. Sur une note manuscrite renversée à côté de la poignée, c'était idiot.

Le gestionnaire immobilier a appelé. Après le deuxième signal, il se tourna vers l'assureur.

- Oui, toi, Per. C'était comme je pensais que nous devrions prendre la clé principale.

John a sorti un grand porte-clés et a fouillé pendant un moment pour trouver la clé principale de la région.

- Ici!

Il l'a poussé dans la serrure et l'a retourné. Puis il arrêta à nouveau le tas de cliquetis dans sa poche. La main serra la poignée pendant un bref instant, puis il ouvrit doucement la porte. Une chaleur emprisonnée les a frappés de la salle sombre. John entra, mais s'arrêta au paillasson.

- Hey? Quelqu'un à la maison?

Silence total.

-Non, il faut entrer alors.

Il fit signe à Per d'entrer tout en essayant de trouver un interrupteur.

- Merde quelle nuit il fait ici, marmonna John.

Tous deux regardèrent les murs de la petite salle quand John vit un bouton. Mais quand il l'a pressé, rien ne s'est passé.

- Etrange. La lampe est apparemment partie. Oui, nous nous éclairons là-dedans.

Ils sont venus dans la cuisine se sont arrêtés et ont écouté. L'air dans l'appartement était misérable et piégé.

- Il s'avère que la lumière ne fonctionne pas ici non plus.

- Pourquoi tu ne penses pas? Se demanda John.

Mais Per ne répondit pas mais alla vers l'interrupteur de la cuisine et appuya. Toujours sombre.

- Comment saviez-vous que?

- Vous entendez généralement toujours un léger bourdonnement du réfrigérateur ou du congélateur, mais ici c'est calme comme dans la tombe. Le fusible principal doit avoir disparu. Étrange, mais chanceux pour ce Tobbe que nous sommes venus maintenant avant que la nourriture dans le frigo ne soit envoyée à l'ennemi.

- Attends ici, Per, alors je sors dans le couloir et vérifie. John est allé au placard et á ouvert la porte. Mais il y avait du noir de carbone. Il était ennuyé si l'un des bouchons était desserré.

Ils ne l'ont pas´ fait. Ils n'étaient pas du tout là. John était très confus.

- Terriblement désolé, Per, mais celui-ci est assez amusant. Doit malheureusement prendre une lampe de poche seulement. Ne vois pas une merde ... »

John se raidit. Est-ce un tonnerre qu'il á entendu de la cuisine?

- Par? Par?!

John sortit de nouveau dans la cuisine avec un sentiment de malaise dans le corps. Mais Per ne semblait pas le faire.
- Où es-tu?
Le même silence étouffant. John a commencé à regarder autour de lui. Il passa devant la table de la cuisine et se dirigea vers la fenêtre de la cuisine. Là, il a tiré les stores. La pièce devint légèrement plus claire. Puis il a jeté un coup d'œil à tous les fusibles qui étaient parfaitement alignés sur la table. Il s'avança et en prit un dans sa main.
"Que se passe-t-il?"
Mais il décida de trouver d'abord Per.

Tobbe respirait aussi doucement et silencieusement qu'il le pouvait. Le sang fit pencher le manche du couteau et il le sécha doucement contre le rideau de douche.

-Per! Êtes-vous dans la salle de bain?
Silence.

John se dirigea vers la salle de bain et se glissa juste devant la porte. Il s'accroupit pour voir ce que c'était que de pleurer sur le sol. Une odeur sale et enflammée émanait de la piscine. Du sang?!

John, qui était maintenant complètement
confus, déchira la porte de la salle de bain. A l'intérieur, un corps gisait immobile sur le carrelage. En dessous, une flaque de sang sombre sur les assiettes.
-Que se passe-t-il?

Chapitre 34

L'inspecteur-détective André est passé sous la bande en plastique, qui était étiquetée «détention policière», et s'est éloigné vers les autres hommes entre les sapins.

- Bonjour!

Les enquêteurs de la scène du crime se sont retournés.

- Hall o André, tu es encore là?

Le matin est le moment que je pense le plus clair de la journée, et un peu de respiration avant que la chaleur ne commence à geler le cerveau.

L'inspecteur André s'est approché avec précaution des hommes et est tombé malade en le mettant entre tous les déchets. Il restait au sol beaucoup de petits éclats de plastique, de verre et de métal. Ici et il y avait des plaques à faible nombre sur le sol. Petits effets personnels et traces soigneusement photographiés.

- De nouvelles trouvailles? Il doit y avoir quelque chose de plus?

L'un des enquêteurs s'est opposé à André.

- Eh bien, nous venons de trouver quelques petites choses. Un briquet et une paire de clés. Envoyé à l'analyse. Et peut-être, pourrais-je dire, nous avons des traces d'un deuxième homme.

- Mec?

- Eh bien, ou femmebien sûr. Venez ici et je vais vous montrer.

Ils sont partis obliquement par rapport au bord de la crête abrupte, et l'enquêteur a montré quelques brindilles cassées et quelque chose qui pourrait être une trace dans la terre. André s'accroupit et examina le petit sol nu.
- Est-il possible d'en tirer quelque chose? Ça a l'air joli ... flou?

- Non. Nous n'avons même pas essayé d'avoir une impression. Malheureusement, c'est la seule piste que nous ayons trouvée.
Pensa André.
-Hmm. Mais cela renforce encore la théorie selon laquelle il y avait deux personnes impliquées. Non pas´ que cela me rende beaucoup plus sage.
- Non. Où diable est l'autre? Les gars ont complètement inventé l'endroit, et si les gens n'ont pas le même groupe sanguin, tout vient de quelqu'un d'autre.
- Ne demandez pas, mais y a-t-il une possibilité théorique que quelqu'un ait survécu à l'accident?
Bridge L'enquêteur du site secoua la tête, si ce n'était pas le Lismar e, et rit ironiquement.
-Théoriquement peut-être, mais si c'est la trace de la personne que nous avons vue, celle-ci devrait s'être détachée des dégâts et se trouver dans la zone.
Anton resta silencieux pendant un moment et regarda autour de lui parmi les arbres.
-OK merci. Regardez plus loin et écoutez ce que vous pensez. Je vais entendre ce que les enquêteurs criminels ont proposé.

Chapitre 35

John se retourna autour du corps, qui ressemblait à une
poupée lourde. La tête bascula anormalement beaucoup
sur le côté et exposa un cric qui ouvrit tout le cou. Le
visage ensanglanté de Pers le reconnut à peine, et en un
clin d'œil, il relâcha le corps mortel, qui tomba avec un
vilain bruit sourd. Il recula, les yeux rivés sur le paquet
qui gisait là. Un pied a glissé dans la circulation sanguine
et John a reculé sur le sol. Avec une humeur horrifiée, il
vit que le rideau de douche avait été retiré.
Il y avait un homme souriant aux yeux cachés par
d'étranges lunettes. Dans sa main, il tenait un énorme
couteau. John hurla de panique et commença à s'asseoir
au rythme rapide. Mais le second plus tard, l'homme était
au-dessus de lui. La lame du couteau hachée et coupée
comme une machine frénétique.

Tobbe a passé une nuit très intense. Il avait jeté ses
vêtements ensanglantés dans la poubelle, et avant la
longue douche, il avait frotté le sol et arraché La Grande
Opération du mur de la chambre. Le corps du monstre
avait été très difficile à couper. Sans lunettes, il a vu que
c'était le gérant de la propriété et un autre

inconnu. Probablement l'homme de la compagnie
d'assurance. Cependant, Tobbe était heureux que les
lunettes se révèlent. Par conséquent, il les portait pendant
le travail de coupe. Après tout, il était plus facile de
couper un monstre que quelque chose qui ressemblait à un
humain. Le réfrigérateur et le congélateur étaient vides de
leur modeste contenu. C'était là que se trouvaient
maintenant certaines parties des corps. Le reste était dans
des sacs sous le lit, mais Tobbe savait qu'il commencerait
bientôt à sentir l'odeur de l'appartement. Un plan
de vol était désormais nécessaire. Il a posé en bas sur le lit
et médité.

 Les pensées ont commencé à faire des sauts surréalistes
et bientôt il a flotté dans un sommeil agité. Le bruit des
mouettes. Il est sur une plage. Le sable fin et brillant
s'étend contre l'horizon. À gauche, il se transforme en
sauterelles et petits buissons. Au fond, vous pouvez
imaginer des couronnes. À droite, des vagues calmes
balayent et l'air est frais et salé. Tobbe commence
lentement à s'éloigner. Aucun homme n'est vu nulle part
mais il ressent une étrange tranquillité d'esprit
ici. L'endroit semble familier. Ici, il a été avant. Bien au-
delà de la mer, les oiseaux affluent près de la surface. De
temps en temps, ils chassent le poisson.

Tobbe, qui constate soudain qu'il est pieds nus, continue à
errer. La brise saine est étouffée. Vos yeux se sont collés
à quelque chose de très loin.

Quoi de neuf sur la plage? Une tour?

Il augmente les marches, mais outre la curiosité s'installe
une inquiétude croissante. Quelque chose ne va
pas. Maintenant, le ciel est vide de pélicans, et il est
devenu anormalement calme. La tour, ou quoi que ce soit,
ne peut toujours pas être discernée clairement, mais une
autre figure est également visible là-bas maintenant. Une

silhouette plus petite dans la brume qui semble se diriger vers lui. Un humain? Tobbe devrait juste faire un signe quand ses pieds foulent quelque chose de tranchant, beaucoup de coquillages blancs. Un pied saignait et il ... jura et s'assit dans son lit.

La nécrologie Gunnar était en quelque sorte un loup solitaire. Il avait l'air d'avoir plus de quarante-neuf ans avec ses cheveux fins et tentaculaires, sa posture courbée et les lunettes à l'ancienne qui étaient constamment sur le nez. Tous ceux qui l'ont rencontré se demandaient quand ils tomberaient par-dessus bord, mais que n'était jamais arrivé. Son lieu de travail: armoires, ustensiles, lavabos et quatre lits. Un environnement en acier inoxydable sous un éclairage fluorescent froid.
- Bonjour!
- Bonjour, répondit Gunnar, qui se lavait les mains dans un évier au fond de la pièce. Comme la plupart des policiers, Anton détestait deux choses dans sa profession: laisser des certificats de décès à des proches et rester dans cette pièce. Il gardait toujours la lumière allumée, mais ne pouvait pas s'habituer aux cadavres qui se sont retrouvés ici après une mort violente. Que quelqu'un puisse choisir cela comme carrière était quelque chose qui le fascinait.

Deux des couchettes étaient vides, les deux autres étaient couvertes de couvertures. André est allé à un. Juste avant que la main ne retire la couverture, Anton tira.
- Vous ... j'ai vu le corps dans la voiture. Et honnêtement, c'était le pire que j'aie vu. Donc, vous n'avez pas à montrer. On peut conduire quand même?
André eut l'air un peu surpris mais haussa les épaules et reposa la couverture.
- Absolument. Vous décidez, et même un vieux renard endurci avec lequel je pourrais bien être d'accord. Ce fut

la phase sans belle vue. Le rapport est bientôt sur votre
bureau.
- Ça sonne bien. Rien de spécial que vous pouvez dire
maintenant? -Pas de plus que ce que j'ai entendu avant?
- Pas grand chose vraiment. Vous vous posiez des
questions sur les drogues, mais il n'y avait rien de tel. Pas
d'alcool dans le sang non, plus, et les organes internes
étaient en parfait état ... oui avant l'accident pour ainsi
dire. Donc, ce que je peux voir, c'était un homme
propre. Alors, au risque de vous décevoir, mon rapport
n'en est qu'une cause de décès.
- Avec tous les détails désagréables, j'espère?
André á offert un de ses rares sourires.
- Tous les détails désagréables sont là. Exactement
comme tu le veux, Anton.
Dans le couloir à l'extérieur de leur chambre,
ils rencontrèrent tous les deux le chef de la police Tore.
- Te voilà! Comment la porte a-t-elle frappé?

Ils se jetèrent un, regard avant qu'Anton ne prenne la
parole.
- Eh bien, ça s'est passé assez vite. Il n'y a que trois
chalets dans la région. Dans le rouge le plus contre le lac,
personne n'était à la maison. Ensuite, nous avons le petit
osier blanc au-delà de l'aire de repos. Là vivait un vieil
homme solitaire qui n'avait presque plus d'audition. Il
avait dormi comme un cochon au moment de l'accident.
- Et le chalet de l'autre côté de la route?
- Exactement, nous avons une tétine. Un couple plus âgé y
habite. Tous deux s'étaient réveillés par la détonation et le
tintement, mais n'avaient pas réalisé ce que c'était, et
comme les deux allaient mal, ils ne s'aventurèrent pas
pour vérifier.
-Et en appelant ici, ils n'avaient paspensé.?
André haussa les épaules.

-Ils ont fait valoir que leur téléphone fonctionnait mal.
Tore respira et plana avec ses yeux.
- Savaient-ils quelle heure il était quand le bang est
arrivé?
- Oui, ils étaient au moins tout à fait sûrs à 1h48 du matin
- Ils n'avaient rien d'autre à dire? Vous n'avez plus rien vu
ou entendu?
- Pardon. Rien.
Tore se gratta la tête.
- Quatre heures avant ce chauffeur nous a alerté alors. Ok
les gars. Travailler à.

Tore entra dans sa chambre et ferma la porte. Un appel à
l'hôpital n'a rien donné non, plus. Aucun patient blessé
n'était apparu lors de l'accident. Aucune trace dans aucune
direction jusqu'à présent. Tore relâcha le nœud et frappa
le poing dans le bureau.
-Zut!

Chapitre 36

Tobbe sentit un mensonge calme après le coq. Seul un vague sentiment du rêve de plage est resté. Ensuite, il s'est également détourné. Le meurtre était en détresse mais prenait encore les nerfs. Mais maintenant, il était temps. Le plan était très simple. Éloignez-vous rapidement de la ville, tout droit vers le nord en direction du centre commercial qui était à la périphérie, procurez-vous des fournitures et ensuite à travers les forêts, puis il a fallu de l'improvisation jusqu'à ce que de nouvelles idées apparaissent, doivent entrer en contact avec des personnes partageant les mêmes idées. Il ne pouvait pas être le seul à voir la vérité. L'appartement était tellement sécurisé qu'il pouvait l'être selon les circonstances.
Tobbe a mis ses chaussures. Le couteau était enfoncé dans la ceinture et les lunettes de pilote se trouvaient dans l'une des larges poches du pantalon.

Un sac à dos encore plus petit pour les fournitures à venir accroché autour d'une épaule. Il regarda une dernière fois autour de lui dans la pièce qu'il ne reverrait plus jamais, et ce n'était pas de la nostalgie ou ce qu'il ressentait. Au

contraire, une sorte d'excitation. Maintenant, la guerre
doit commencer. Si l' état de Tobbe l' était, ou s'il devait
se rencontrer davantage, il n'en avait aucune idée. Même
s'il y avait plus de combats là-bas. Dans le pire des
mondes, il se tiendrait seul contre la créature de la
conspiration. Si tel était le cas, il se battrait au moins
courageusement et en amènerait autant que possible avant
la fin amère et inévitable du héros incompris.

L'obscurité du soir commença lentement à occuper la
ville. Tobbe était descendu dans le sous-sol et en était
sorti clandestinement au fond. Ici, il veut être vu par le
moins de gens possible, et le risque de découverte
était plus grand ici dans la région. Une zone de parc. Puis
une longue rue piétonne clairsemée qui menait au centre
commercial. Il passa une capuche sur sa tête et commença
à marcher. Chaque fois qu'une voiture passait, il mettait sa
main derrière son dos et la tenait contre le manche du
couteau. Une sécurité. Mais il n'aimait pas avoir les
lunettes de pilote dans sa poche. Sans eux, le monde ne
pourrait pas être vu sous son vrai jour.
Maintenant, il est possible de déterminer qui était ami,
ennemi, personne ou monstre.
 En regardant par-dessus les haies et les clôtures des rues,
il a vu de nombreuses voitures dans les allées et des
familles assises à leurs tables de cuisine pathétiques et
mangeant, totalement inconscientes de l'approche de la
guerre. Tobbe commença à ressentir un mépris croissant
pour tous ces citoyens naïfs et aveugles.
Loin devant lui sur le trottoir, quelqu'un s'approcha de
lui. Probablement pas d'ennemi mais se passer des
lunettes du baron était plus inconfortable à chaque

minute. Et si l'un des monstres venait à lui? Outre le
personnage là-bas, la zone était déserte. Tobbe sortit les
lunettes de sa poche et s'appuya dessus. Il abaissa la
capuche pour que les yeux soient obscurcis par
l'ombre. Le monde a de nouveau eu cette lueur rouge, et
tout a pulsé et déformé. Les maisons se balançaient
facilement derrière des morceaux de viande, et toute la
rue semblait se balancer lentement et lentement. Eh bien,
c'était toujours un monstre. Trop loin pour discerner
clairement, mais il n'y avait aucun doute. La démarche
sautillante et accroupie, les yeux brillants. Dirigez
rapidement les environs. La maison à droite semblait
vide. Pas de voiture. Stores réduits. Tobbe a couru dans le
rempart et loin pour la haie. Ici, il pouvait s'accroupir et
regarder dans la rue sans être découvert… si maintenant
le monstre ne pouvait plus sentir son odeur. Il a attrapé le
couteau et l'a sorti. Le pouls augmenta. La sueur
commença à s'infiltrer dans le front, et il retint son souffle
et écouta. Rien n'a été entendu, donc une pente douce vers
l'avant pour jeter un œil entre le feuillage visqueux et
rouge. Rien en vue pour le moment. La main roula dans la
lame du couteau et le cœur frappa fort dans la poitrine.

Sweat à lamain. Sec! Nouvelle prise sur le grand couteau
de boucher. Toujours pas de chichi. Jointures
blanches. Avait-il disparu, ou peut-être fait une manœuvre
de contournement à partir d'une essence, pour surprendre
par une attaque par derrière? Au bout d'une demi-
minute, Tobbe n'osa plus attendre, il fut déçu et se rendit
compte qu'il n'y avait probablement qu'un seul Lismare. Il
faufilé retour à la villa ge allée de là où la relation
de couverture. Quelques respirations profondes et le
couteau dans une prise serrée. Concentrez-vous
maintenant! Il a tenu sa tête près de la haie et a regardé
dans la rue. C'était là! A trois pieds de lui! Il est venu en
courant. Un rire gargouillis profond, les yeux brillaient

d'un jaune pâle, et la bouche en forme de mâchoire était à moitié ouverte et des rangées de dents écarlates exposées. Tobbe se précipita rapidement avec le couteau devant lui. Il le porta en arc contre le cou du monstre, mais il s'accoupla et la lame toucha juste son épaule gauche. Un rugissement a été entendu et une griffe a repris la blessure, tandis que l'autre s'est battue pour Tobbe. Il se retourna rapidement derrière le monstre et coupa le couteau avec toute la force entre ses omoplates et sa colonne vertébrale.

Acier de boucherie à froid qui force efficacement les tendons et les vaisseaux. Un rugissement étouffé le fit couler sur l'asphalte. Tobbe est descendu et a saisi le manche du couteau. C'était dur sur le dos du monstre. Puis le corps a tremble dans certains spasmes, puis est resté sans vie. Dans la troisième tentative, il réussit à remonter la longue lame. Beaucoup de sang a gonflé et le dos du monstre est devenu rouge foncé. Tobbe attrapa le col et traîna le corps lourd dans l'allée du garage où il venait de se tenir. Le monstre gisait sur le ventre et un creux de sang coulait sur l'asphalte. Il roula dans le corps contre la haie pour qu'elle n'apparaisse pas de la rue, et maintenant la terre pouvait absorber la plupart du sang. Mais l'allée avait l'air trop putain.

Tobbe a été secoué et a secoué tout son corps Le couteau essuyé a été remis dans la ceinture et les lunettes étaient dans la poche. Pas plus apparu dans la rue. Il continua avec un tunnel brumeux se terminant, et une étrange sensation que ce n'était qu'un rêve.

Chapitre 37

Hé, l'officier de police.
-Hal lo P olice.
Oui, c'est ici que vous devez appeler ...
Vous avez disparu dites-vous. Depuis quand?
D'ACCORD.
Vous avez dit Erik?
À quelle adresse habitez-vous?
Puis-je vous demander votre nom et où puis-je vous
joindre?
Merci beaucoup.
Absolument. Non, nous prenons cela très au sérieux. Et
gardez à l'esprit que presque toutes les disparitions se
clarifient. Cela n'a pas duré si longtemps ...
- Non, je comprends. Nous travaillons dessus et revenons
dès que nous savons quelque chose. Et vous entendez
aussi parler de lui s'il doit se présenter?
Merci. Au revoir.
Erik se demandait clairement où était son ancien porte-
armes, et maintenant il était apparemment partisans savoir
comment il s'était passé.

La mère a appelé Erik et lui a demandé s'il voulait venir,
car cela était apparemment arrivé d.
- Ouais!? dit Erik, ce qui a Happen d?
La personne qui était votre visiteur femme dans la
maison, malheureusement, est décédé, après
la cérébrale hémorragie hémorragie, elle a reçu, et doit
être enterré.
- Ce n'était pas bon, dit Erik, mais je ne peux pas venir,
j'ai beaucoup à faire, j'espère que tu comprends, maman.
-Cependant mon fils, les funérailles ont lieu le dimanche,
et c'est sur un dissipateur de chaleur au-dessus de la terre
pendant 2-4 jours si

 est très important, afin que vous puissiez vous rendre aux
funérailles en toute sécurité. Les deux ont mis fin à la
conversation.

L'inspecteur-détective André était absent à la machine à
café. Après l'appel, il s'approcha du comptoir.
- Une personne disparue ai-je entendu?
- Oui, c'était la deuxième inscription en dix minutes. C'est
drôle, on se souvient à peine quand nous avons reçu des
conversations sur des adultes disparus pour la dernière
fois.
André réfléchit un instant.
- Vous Eva, pouvez-vous imprimer ces notifications?
Deux coups à la porte d'Andrés.
- Ouais, entre.
Eva se tenait à l'intérieur du seuil avec deux papiers
devant elle.
- Qu'est-ce que c'est? Se demanda André
- Deux notifications de personnes disparues.
- D'accord. Mettez-les ici et je vais vérifier ...
- Non. Je pensais que tu pouvais t'en tenir, dit Eva.

André roula derrière la chaise du bureau et se tourna vers
Eva.
- Tricoter sur quoi?
- Regarde ça! Après toutes ces années, vous ressentez la
neige. Quelque chose qui résonne dans l'estomac que
quelque chose ne va pas. Vous l'avez certainement. Ou?
- Oui ... peut-être, répond André.
- Cela n'a peut-être rien à voir avec cet accident, mais
dans ce cas, je veux vraiment m'assurer que ce n'est pas le
cas. Et comme c'est assez calme dans le reste et l'enquête
sur l'accident ... bloquée temporairement, je pensais que
vous regardiez un peu.

- Par où commençons-nous alors? Je me demande Eve
- Eh bien, nous pouvons commencer par ça. C'est à
seulement deux pâtés de maisons.

Le soleil a commencé à se coucher derrière les toits de la
ville à l'ouest. C'était presque comme si la rue s'étendait
devant lui, comme dans un cauchemar, mais à la fin il a
vu les néons s'éloigner du centre commercial. Toujours
pas d'autres personnes. Peut-être y avait-il un
monstre derrière les fenêtres des villages et l'observait-il
maintenant? Tobbe eut un frisson et abaissa un peu le
capot, tout en accélérant les marches.

L'air légèrement plus frais du soir était confortable pour
changer le misérable appartement. Il se demanda combien
de temps il faudrait rire avant que la police n'apparaisse
là-bas. Combien de temps les parties du corps reposent-
elles avant de commencer à sentir? Si rien d'autre,
alors John et la personne assurée seraient bientôt portés
disparus. Être en fuite était à la fois stressant et
confortable. Maintenant, la guerre était lancée. A droite

222

plus loin, il y avait un espace ouvert entre la villa ge s. Il est allé là-bas et s'est assis sur un banc. C'était comme si vous pensiez mieux à l'air frais. Il est temps de réfléchir brièvement et de publier la stratégie. Rassemblez les pensées.

- André et Anton.
Anton a gardé l'insigne de police devant la femme à l'intérieur de la compagnie d'assurance. Elle sourit dans une tentative infructueuse de regarder ensemble et de se calmer.
- Ouais. Cela s'applique-t-il à notre employé disparu?
- Ouais.
Anton regarda rapidement le papier dans sa main.
- Savez-vous qui dans le bureau a pu voir Per en dernier?
La femme avait l'air un peu embarrassée.
- Oui, il n'est pas parti depuis si longtemps. Mais sa femme á appelé et a semblé plus net. Oui, vous pouvez comprendre cela. Ça arrive…
Anton sourit de son sourire raide de retour aux choses. Quelque chose que la femme a semblé comprendre tout de suite.
- C'est moi qui lui ai parlé la dernière fois. Nous étions certains qui ont travaillé un peu plus tard hier. À 19 heures, il irait terminer une affaire.
- Problème?
- Oui, alors, pour une association de location en ville qui a des accords avec nous. Vous avez fait d'autres travaux là-bas, et quand c'est prêt, nous envoyons quelqu'un qui vérifie que le métier est vraiment terminé.
- Ouais. Je comprends. Per était un tel inspecteur.
- Droite. Il ne lui restait plus qu'un appartement à vérifier. Je ne sais pas laquelle, mais vous pouvez obtenir l'adresse de l'association.
- Mais pour l'enfer!

Anton se retourna.

-Qu `est-ce qui t` arrive?

André déchira une des notes de la poche arrière et
lut. Puis il l'agita en l'air.

- Je pensais connaître l'adresse. Regardez ici! L'autre
type, Tobbe, qui est également une personne disparue
enregistrée, travaille comme gestionnaire immobilier dans
ce domaine particulier. Putain étrange ou?

Anton haussa les épaules. Après un, certain temps, ils ont
trouvé un bâtiment en briques autoportant plus bas au
milieu de la zone verte de la tour. Au-dessus de la porte se
trouvait une petite assiette qui conciergerie. John. Quand
aucun ne s'ouvrit, il sentit la poignée. C'était ouvert. La
police est entrée dans la pièce.

- Hé!?

Pas de réponse. Anton trouva un interrupteur et
s'alluma. La grande salle était une sorte d'atelier avec
différents bancs encombrés de gadgets. Sciure. Sort. Trois
grandes lampes fluorescentes diffusaient une lueur froide
dans la pièce qui sentait légèrement le métal et la vieille
cave. Quatre grandes planches à outils accrochées aux
murs. Pinces, scies, marteau, étuis à vis, boîtes à
clous. Sur le long mur en face, il brillait de l'entrée d'une
pièce plus petite. Ils se regardèrent rapidement et y
allèrent. Lorsqu'ils sont entrés dans la pièce intérieure, ils
ont vu un bureau rempli de papier et de classeurs. Et
partout il y avait une note. Grosse lettre hurlant:
" RAPPELEZ-
VOUS! LISMAREN. APPARTEMENT 9."

Chapitre 38

Exactement au moment où l'inspecteur André a reçu l'alarme, Tobbe s'est levé du banc et s'est dirigé contre le centre commercial. Le plan était terminé dans sa tête. Entrez dans le magasin et procurez-vous des fournitures. Gardez un profil aussi bas que possible. En cas d'urgence: n'hésitez pas à utiliser le couteau. Rendez-vous ensuite à l'auberge de la municipalité. Devrait y arriver en un peu plus d'une heure s'il était joyeux à travers la forêt qui apparaissait déjà au loin. Attendez-y quelques jours jusqu'à ce que le marché soit rouvert. Et puis cherchez le Lismar e, s'il y en avait plus.
Ou du moins demander aux autres gars où il pourrait être. Cela a dû marcher si longtemps. Cela, et cherchez plus de guerriers.
Jolie folie. Bien.
Soudain, un cri d'enfance populaire a été entendu loin derrière lui. Il se retourna mais c'était trop loin. Je n'ai vu personne. Seule une longue file de réverbères a disparu après la rue sombre et vide. Serait-ce un enfant qui a

découvert le monstre mort derrière la haie? Le pouls se
mit à briller et il accéléra le parking vers l'entrée.
Tirez. Couteau fermement dans la ceinture. Tobbe regarda
rapidement autour de lui.

Le pied a cassé une poutre invisible et les grandes portes
vitrées ont été abattues sans bruit. La grande salle froide a
été allumée en place par les lumières au néon bleuté, et le
système de haut - parleur entendu la musique de piano
en sourdine. Il a franchi la porte et a pris une charrette
orange. Vérification rapide vers la gauche. Un seul
caissier habité. Un mec seul dans son 25s plein
occupé avec un appel mobile. 7 longues files de nourriture
dans le magasin. Derrière ceux-ci se trouvaient 4 étagères
supplémentaires. Au tout au fond de la pièce se trouvaient
les comptoirs manuels de chark et de charcuterie, mais
pas habités si tard.
Que fallait-il? Des conserves et quelque chose à boire
pour commencer. Après un moment de fondation, Tobbe
a décidé de nettoyer les étagères du début à la fin.

Pourrait trouver des provisions auxquelles il ne pensait
pas. Au début de la première étagère, il y avait des
serviettes, des couverts jetables et des articles pour
enfants. Les articles tournaient autour de la tête dans un
processus de hiérarchisation. Papier d'aluminium, ruban
adhésif, tasses, thermos. Zut! Au fond, Tobbe aperçut un
client qui venait de disparaître au coin de la
rue. Instinctivement, il frappa sa main contre sa poche,
pour s'assurer que les lunettes du baron étaient là. C'était
très gênant de ne pas les porter. Ne pas savoir avec
certitude qui il a rencontré était une personne ordinaire ...
ou si c'était un monstre, mais une paire de lunettes de
pilote attirerait trop l'attention. Il devait être vigilant et
essayer de se démarquer. Bientôt, il avait atteint la fin de

la première fois, même avec un panier vide. Le sentiment d'être chez un serviteur ennemi devenait de plus en plus paralysant. Il s'agissait de rester concentré. Montrez qu'il était digne de guerriers triés sur le volet.

Le pouls à augmenté tout le temps et l'estomac a commencé à grincer et à se tordre. Il a basculé dans la prochaine fois, et à environ dix mètres de là, un homme d'âge moyen était accroupi parmi les conserves au fond. Tobbe s'arrêta, faisant semblant de chercher quelque chose sur l'étagère devant lui. La sueur s'écaillait sur tout le corps et les sons froids de la musique de piano étaient submergés par son propre rythme cardiaque fiévreux. Il sortit doucement les lunettes de la poche du pantalon. L'homme là-bas semblait complètement plongé dans son choix de tomates concassées, et n'avait pas remarqué sa présence. Rapidement et discrètement, Tobbe leva l'un des verres rayés du baron devant un œil et jeta un coup d'œil rapide à l'homme.

Il flotta et se retira derrière le coin de l'étagère. Cela n'avait pris qu'une seconde mais le monstre était révélé. La main qui a serré une soupe peut se révéler être une griffe velue. C'était tout ce qu'il avait vu, mais c'était suffisant. Y avait-il plus de bétail dans le magasin? L'avaient-ils découvert? Rapidement, les lunettes s'allumèrent et Tobbe essaya de respirer calmement en sortant le couteau de sa ceinture. C'était agréable dans la main, et les sens se resserrèrent. Ascenseur musique et nourriture: fermé. Il restait quatre choses: les voies de fuite, les routes, lui et la proie. Certains d'entre lui ont ressenti la paix. Il est temps de libérer ce magasin des monstres. Journal de Tobbe.

Chapitre 39

Il glissa lentement de pièce en pièce. Le regard a balayé
tous les détails. Qui êtes vous? Qu'est-ce qui vous
a poussé, Anton? Techniques trouvées sac après sac de
parties du corps coupées et l'air vicié puait le sang. Le
pire était à la porte de la salle de bain. Anton se
considérait comme un policier chevronné qui voyait la
plupart des choses, mais ce rôle de voyou disait tout avec
une marge généreuse.
- Tous les sacs sont trouvés. Je suppose que ce sont deux
corps.
- Et je suppose qu'ils s'appellent John et Per…
Anton a été interrompu par son téléphone portable.
- Oui, c'est Anton.
Il s'est évanoui et a hoché la tête.
- C'est compris. Venaient. Et envoyez votre renfort
rapidement comme l' enfer.
Maintenant, je vais vous parler de la conversation.
- Un autre corps retrouvé sur Storgatan 34. Semble
être un vieil homme. Probablement tué au

couteau. Éloignez-vous ici les gars, et appelez-moi si
quelque chose de plus intéressant doit apparaître. André,
tu viens avec moi. Un autre meurtre au couteau,
probablement notre gars qui est parti en tournée. Quelle
putain de soirée!

Il s'était approché de l'homme à pas discrets. Soudain, il
se leva et regarda surpris des actions de Tobbe plus tôt. Le
couteau avec une force violente directement dans
l'estomac. Les yeux de l'homme le fixèrent et de sa
bouche entendirent un gargouillis étouffé. La main
relâcha le bidon qui s'assombrit dans le sol et
roula. Tobbe se jeta contre lui et le jeta par terre d'une
main pour la bouche de l'homme. Bientôt le corps resta
complètement immobile, et Tobbe sentit quelque chose de
chaud à l'intérieur du main. Il l'a enlevé et une vague de
sang a coulé de la bouche de l'homme. Sans réfléchir, il
attrapa ses pieds et éloigna son corps de la voiture juste à
côté. Par la porte battante basse et derrière le comptoir.

Des pas ont été entendus dans la salle de stockage derrière
le comptoir. Tobbe a relâché le corps, a agrippé
fermement le couteau et s'est faufilé dedans. Là, un
employé a gardé un jeune homme entassant des légumes.

- Qui êtes vous? Ici, vous ne pouvez pas être. Y a-t-il
quelque chose?

Le regard fixe dans les lunettes de pilote et le couteau
ensanglanté le fit taire.

Le gars recula lentement avec ses mains évitant devant
lui. Les yeux le fixaient et la bouche priait l'intrus, mais
comme dans un cauchemar. Aucun son ne parvint à sortir
de la gorge. Bientôt, il se tint le dos au mur. Tobbe tenait
l'index devant sa bouche comme signe de se taire. Le gars
hocha la tête avec empressement, et une larme brillait

dans un œil, et quelque chose d'autre brillait pour une cuisse.

- Ecoutez! Vous êtes un gars ordinaire, je suis le Lismar e, et des gars ordinaires que je ne touche pas.

Les paroles du tueur étaient de pure connerie. Probablement une livre éclairée qui cherchait de l'argent rapidement. Mais qu'a-t-il fait ici dans la salle des chambres?

- Parce que si tu t'inquiètes, celui-ci est en plein dans la gorge. Comprenez?

Tobbe leva la pointe du couteau devant le visage du garçon.

- Alors maintenant tu es calme. Secouez ou hochez la tête si je demande quelque chose. Êtes-vous seul dans le chark?

Il hocha de nouveau la tête. Tobbe se sentit désolé pour lui, mais il n'y avait pas de temps pour la diplomatie.

- Y a-t-il un vestiaire derrière ça?

Le gars hocha la tête une troisième fois avec son regard pointé vers la lame de couteau ensanglantée.

- Bien. Restez calme et asseyez-vous là. Je viens avec.

À l'extérieur du grand magasin, l'obscurité s'était installée. Les hautes lanternes des feux de position diffusent leur éclat comme d'immenses projecteurs sur une scène. Les sirènes de police et les lumières bleues domineraient bientôt la nuit ici, mais pas, encore vraiment. Lismaren n'avait pas, encore terminé le travail. D'autres vies étaient sur la pente. Sur l'un des messages, il y avait quelque chose qui n'appartenait pas ici. Une grande essence avec un passage attaché au verre brillant des portes d'entrée regarda Tobbe. Tout était calme. Tout a gardé un souffle pendant un moment ...

230

Revue rapide dans la tête. À son avantage: le magasin était désormais vide de clients, et seuls deux membres du personnel étaient présents. Un fond dans le vestiaire, et un est entré dans la caisse qui harcelait le téléphone portable. A son inconvénient: de grosses traces de sang au sol et des caméras de surveillance. Ou y avait-il des caméras? Oui, clairement comme l' enfer. Mais pour le moment, il ne pouvait voir personne. Conclusion: choisissez la chose la plus importante et disparaissez le plus tôt possible dans la nuit. Il doit porter ou éclater!

Il est retourné à la grange et a vu un long couteau. Examen rapide. Eh bien, unearme de rechange était bien. Il l'enfonça doucement dans la ceinture à côté du couteau de boucher ensanglanté. Les lunettes du baron descendirentdans la poche du jack.
Il ne se souvenait pas où il avait laissé le panier, mais ce n'était pas grave, il devait y avoir des marchandises dans sa main et ensuite partir. Soudain, la musique de fond endormie a été déchirée par un gémissement gémissant.

- Mais je veux rentrer à la maison maintenant!
Tobbe s'est solidifié en une seule étape. Plus, de clients? Les avait-il manqués?
Soudain, ils sont venus directement à lui. Une mère et son fils qui ont enfilé la jupe.

- Vous avez dit que nous allions acheter des bonbons! Vous l'avez dit.
Mme Watson haussa les mains de son fils.
- Maintenant, calmez-vous. Il fait nuit maintenant, et ensuite il faut se taire dans le magasin.
Mme Watson a pris le contrôle de son gars pendant un moment et a souri un sourire d'excuse à Tobbe avant qu'ils ne disparaissent dans le prochain hommage.

- Maman, cet oncle était-il un tueur?
- Qu'est-ce que tu dis? Bien sûr qu'il ne l'est pas.
- Mais il avait du sang sur ses vêtements.
Ils se turent et Tobbe resta figé.

Ce n'est que maintenant qu'il a vu à quoi ressemblaient les
vêtements, après avoir traîné le gars contre le
comptoir. Quand il leva les yeux, il rencontra le regard de
sa mère avant qu'elle et le fils ne se précipitent contre la
caisse.
- Maman! Vous avez oublié le panier.
- On fait du shopping demain. Viens maintenant!
Tobbe se déshabilla avec sa main contre son jean taché de
sang. Pendant un, court moment, le cerveau s'est mis au
point mort, et finalement l'interrupteur est entré. À tout
moment, elle pouvait alerter la police, puis elle a été
exécutée. Elle doit être éliminée à tout prix.

Le gars à la caisse leva les yeux et eut l'air un peu surpris
quand la mère et l'enfant les mains vides se précipitèrent
hors de la caisse. Sur le parking, elle le prit dans ses bras
et courut avec des poumons explosifs contre sa petite
Ford. Derrière eux, les portes vitrées de l'entrée glissèrent
à nouveau.
- Pourquoi as-tu si peur, maman? Sont-ils un tueur?
- Ne sait pas. Alors, prenez le fauteuil un jour!
Sans se soucier de la ceinture de sécurité du siège enfant,
elle se tord rapidement autour du capot et se jette dans le
siège conducteur. C'était comme plusieurs minutes avant
qu'elle n'ait la bonne clé. Dans la troisième tentative, il est
entré.
Le garçon regarda en arrière avec de grands yeux par la
fenêtre latérale.
- Maman! Le kille r arrive! Il a d'étranges lunettes!!

Ses cris horrifiés ont noyé le blasphème de la mère lorsque la voiture a finalement commencé à rouler. Elle jeta un rapide coup d'œil dans le rétroviseur. Etait-il parti? Le gars avait-il laissé briller l'imagination? Elle essaya de respirer doucement et appuya sur l'accélérateur. Les deux pleuraient quand un coup dur a frappé le capot. Tout le champ de vision était rempli d'un homme visiblement fou. Des traînées de sang se sont répandues sur le pare-brise de son amas. La mère a fait face à une paire d'yeux furieux et injectés de sang derrière une paire de lunettes de pilote. Puis elle a découvert que l'homme tenait un énorme couteau dans une main, qui frappait parfaitement le capot et le pare-brise. Une panique glaciale était sur le point de la paralyser, mais la voiture s'était levée maintenant. Elle se retourna brusquement et

en avant, et les pneus ont rampé avec elle et l'enfant quand la voiture se promenait dans le parking comme dans un cauchemar ivre.

- Loin de nous votre putain de cas psychique!! Maman Watson a rugi dans une affaire hystérique.

Maintenant, la voiture avait pris de la vitesse et au prochain virage, Tobbe ne pouvait plus suivre. Les mains glissèrent sur le pare-brise et le couteau rebondit sur le sol. Quelques secondes plus tard, il se roula vers le bas avec un bruit sourd. Alors qu'il jurait sur ses pieds, la voiture a disparu dans l'obscurité. Le gars à la caisse avait jeté un coup d'œil quand le moteur a rugi dans le parking, mais la vitrine du magasin ne reflétait que dans l'obscurité.

Pendant un moment, il pensa sortir et chercher, mais il ne se sentit pas bien de quitter la caisse. Au lieu de cela, il prit son mobile et continua son jeu. Cela pourrait être

un meilleur score cette fois. Bien sûr, il ne remarqua pas,
que les portes glissaient, ni la lumière, mais des pas
rapides vers lui. Dans la dernière seconde, il a levé les
yeux de son jeu, mais trop tard. Un homme au couteau le
remarqua à peine avant qu'il ne soit profondément percé
dans le cou. Il avait, avec une force féroce, pénétré à côté
de la pomme d'Adam, puis coupé des muscles et des
tendons en revenant vers le cou. C'était dur comme de la
pierre, alors Tobbe a laissé tomber la poignée sur la
poignée, et le couteau est venu quand le gars s'est écrasé
sur le sol dans la cabine. Il sauta le bord et le caressa
soigna. Quand il a travaillé, il s'est écrasé et tout le sol est
devenu rouge.

Sirènes. Lumière bleue.

- Ohhh, putain… marmonna-t-il et sortit de la
caisse. Charken! Non, le vestiaire! Voilá comment ce
sera. N'y avait-il pas une porte dérobée? Tobbe ne s'en
souvenait pas vraiment, mais s'y précipita. Sur le chemin
du chark, il a frappé la cuisse droite dans un bord de
banc. Cela s'est dépêché, mais il a choisi d'éteindre la
douleur. Il boita en avant et déchira la porte de la loge qui,
à sa grande surprise, était vide. Enfer! Le gars
du comptoir de viande était ligoté mais avait
apparemment réussi à forger, plan pour l'enfer. La main
sursauta frénétiquement dans la poignée de la
porte. Fermé à clé!

A votre connaissance:
- Tobbe! C'est la police! Nous savons que vous êtes là-
dedans!

Il s'est faufilé vers le chark et a regardé à travers le
magasin. Au fond des boîtes, une lumière bleue intense

était diffusée à travers les grandes boîtes. Rectangles bleus qui balayaient les sols et les étagères.

- Le bâtiment est entouré!

Long silence.

L'inspecteur-détective André a pris quelques respirations profondes et a écouté attentivement.

- Tobbe. Que cela suffise maintenant avant que quiconque ne soit blessé. Pouvez-vous venir à la caisse et vous montrer?

Pendant ce temps, la mère d'Erik est venue et a essayé de lui parler à droite, elle avait même appelé Erik pour peut-être le remettre sur le côté droit. Ils avaient tous les deux un long moment sur le slammer, donc si quelqu'un pouvait le calmer, c'était Erik ... Mais pour le moment, les flics voulaient le couper.

Trois jumelles étaient dirigées vers les vitrines. Silence. Calme.

Anton se pencha vers le tireur le plus proche sans détourner son regard de la boutique éclairée.

- Y avait-il plus de sorties, que la sortie de secours sur le côté et la porte arrière?

Le Sagittaire secoua la tête.

- Non. J'ai regardé. Et s'il les utilise, nous l'emmènerons tout de suite.

André hocha la tête.

-Bien. Attendez que je vous donne des signes. Ce putain de psychopathe que je veux avoir vivant.

Quelques respirations profondes, André reprit le mégaphone.

- Tobbe! Écoutez! Je veux que vous vous déplaciez
lentement et calmement vers l'espace au sol ouvert à
l'intérieur des caisses.
Les jumelles regardèrent autour, mais ne virent rien
bouger. La police respirait très facilement. Le cœur a
commencé à augmenter ses coups, ses irritations
corporelles et l'adrénaline était un fait. Des doigts moites
contre la détente. Un néon qui craquait faiblement dans le
parking. Sinon, c'était calme comme dans un coffre de
banque.

Le tireur chuchota à nouveau à André.
- Devrions-nous entrer?
- Trop risqué. Ce mec est extrêmement enclin à la
violence. Nous attendons. Il arrive ... il arrive.
Après deux minutes extrêmement épuisées, ils ont vu
quelque chose bouger loin à l'intérieur du magasin. Les
deux tireurs qui ont pu voir la silhouette ont retenu leur
souffle. Les doigts tenaient un peu plus fort la détente. Un
homme s'approcha lentement des caissiers.
- D'ACCORD. Je l'ai.
- Quoi?!
- Bien, Tobbe! Allongez-vous sur le ventre contre le
sol. Étalez-vous avec les bras et les jambes.

Chapitre 40

L'homme là-dedans semblait clair maintenant. Un mec
dans la trentaine, de taille étroite et avec des vêtements
cassés. Il semblait un peu perplexe, mais avait toujours
l'air étonnamment détendu. Indifférent en aucune
façon. Au moment où André répétait l'ordre, l'homme se
pencha sur ses genoux et se coucha doucement sur le
sol. André fit un signe de la main à l'un des trois
tireurs. Cela se dirigea rapidement vers les portes
d'entrée. Tout ce qui a été entendu dans la nuit était la
précipitation quand ils ont mis de côté. La police a pris
une profonde inspiration et est entrée lentement, l'œil dans
le champ de vision de la voiture automatique. Juste à
l'intérieur de la caisse, un gars était complètement
immobile sur le sol. Le visage était détourné et les
vêtements avaient de grandes taches rouges. Les cheveux

en sueur étaient soumis à des tests bruns contre le clinker
stérile du magasin.
- Je veux que vous sortiez doucement votre couteau et que
vous le tiriez sur le sol contre moi.
Les policiers se tenaient les jambes larges à quelques
mètres de Tobbe, prêts avec l'arme.
La main de Tobbe se jeta vers la ceinture et sortit le
couteau. Il l'a repoussé sur le carrelage brillant du sol et la
police l'a arrêté avec son pied.

- Ouah! Zut! W couteau de boucher UEL. pensa-t-il en
voyant que la large et longue lame dépassait sous la
botte. Alors qu'il avait Tobbe en vue, un collègue
s'approcha lentement. Celui-ci se pencha sur ses jambes et
se pencha pour verrouiller les bras de Tobbe derrière son
dos. Rapide comme un lézard, Tobbe se retourna sur le
dos et arracha le couteau de rechange de sa ceinture. La
police se cachait toujours, donc la lame n'atteignit que le
muscle de la cuisse. La police a grogné fort,
la jambe tourna, et il soupira contre Tobbe qui
avait repris le couteau. Avec un dernier effort, il a balayé
le bord mortel dans un arc au visage. Mais la police avait
assez de bon sens pour rejeter la tête en arrière. La pointe
a déchiré une plaie superficielle sur la joue. La police a
rugi alors qu'il se jetait de côté. Tout, pour échapper au
fou, et en même temps donner à son collègue un champ
de tir dégagé. Deuxièmement plus tard, deux coups ont
quitté le canon automatique du fusil.

Les baleines bleues tourbillonnaient toujours dans le
parking. Une civière a été chargée dans
l'ambulance. Anton et André s'accroupirent juste à
l'extérieur de la piscine rouge où reposait le corps. Leur
pouls baissait toujours. Anton sentit qu'il tremblait
toujours dans tout le corps, qui consistait en adrénaline.

- Pensez-vous que les flics le font? Demande à Anton

- Ouais. Oui pour le fan! Répondez André. Le muscle de la cuisse prend un, certain temps, mais la rayure dans la joue était juste superficielle. Il le fait.

La voix de Ant ne portait plus, alors il mit fin à la phrase de secouer la tête. Il prit de profondes inspirations. Peut vérifier ce maniaque. Doit être profondément perturbé, ou il a des liquides de frein dans les articulations.

André se leva et désigna le corps. Le corps de Tobbe était mort immédiatement après une balle dans l'épaule et une dans la tête.

- Qu'est-ce que c'est? Dit Anton, montrant ce qui ressemblait à une Bible, avec un diable sur le côté.

- Cela ressemble à Mme Watson, dit André. C'était sa femme.

- Votre femme a de telles choses? Anton avait l'air complètement interrogateur.

Étant donné qu'Anton pensait qu'un pentagramme n'était utilisé que par les adorateurs du diable, André devait expliquer comment c'était. Quand André avait expliqué à Anton qu'il avait réalisé qu'il avait dit que Mme Watson avait un grand pouvoir sur tous les mauvais êtres, et que grâce à la mère d'Erik, Mme Watson pouvait sécuriser et protéger la société des forces du mal.

- Alors Mme Watson est une bonne personne?

- Oui, c'est exactement ce que c'est, dit André.

André s'est tenu à côté de lui et a vu l'objet qui se trouvait dans la piscine. Il s'accroupit et plissa les yeux. Il y avait un bracelet en cuir rouge et deux verres en verre cassés.

- Une paire de lunettes pilote?

- Hm, dit André, qui commença à se demander comment tout finirait, et bien que Lismaren se soit soumis, il est

incertain sur la situation, cela crée une grande incertitude
...

Anton était lui-même pris, mais avait décidé de le
résoudre, bien qu'il savait que ce serait difficile.
André avait de nouveau appelé la mère d'Erik, ainsi que
Erik.
Il comprenait qu'Erik et Tobbe avaient quelque chose de
prévu, qu'ils ne voulaient pas dire, et qu'ils feraient tous
les deux, maintenant c'était juste la police et le service de
renseignement qui ne savaient pas ce qui allait se passer et
travaillaient dans le noir.
André demande aussitôt pourquoi certaines personnes ont
eu le Pentagramme dont sa femme?
- Tu ne sais pas ça, ton gubbe d' intelligence louche?
- Qu'est-ce qu'un pentagramme? Dit Anton.
- Non, alors je ne l'aurais pas porté devant le tribunal
- Oui, dis à tout le monde maintenant quand Tobbe est
mort, dit Erik
Tobbe et moi avions prévu de nous venger des
propriétaires, qui avaient amené ma mère à acheter une
maison endommagée par la moisissure par le soi-disant
idiot, alors nous avons élaboré un plan de vengeance.
Maintenant, malheureusement, Tobbe a eu une psychose
et ne pouvait plus la porter. Mme Watson est votre
épouse, André et elle croit plus aux fantômes et aux êtres
qu'aux événements logiques auxquels vous croyez, André.

Quant à la mère, Mme Watson et elle sont les meilleures
amies et protègent la communauté avec leur connaissance
des choses louches, chaque jour.
-Quand il s'agit du soi-disant «idiot» ou du propriétaire, je
n'en sais pas plus sur cette personne.
-Non, mais je sais, dit André. Quelqu'un s'est
apparemment vengé de lui, et il était attaché avec du

ruban argenté, et quelqu'un avait arraché toutes les dents de sa mâchoire avec des pinces de sorte que sa mâchoire était pleine de sang, sans dents, et il avait soudainement quitté le pays.

- Quoi? La mère de S ays Erik, qui avait entendu la conversation entre André et Erik.

- Oui, il avait apparemment quitté le pays sans se presser sans aucun avertissement. Quelque chose que vous avez entendu parler, étant donné que les deux vous Tobbe prévu pour venger? Dit André, avec un regard qui disait plus de mille mots!

- Hm, dit la mère d'Erik, et elle commença à avoir l'air profondément préoccupée par ...

- Qu'as-tu fait maintenant? Dit mère

- Absolument rien! Vous pouvez me faire confiance ... Vous le savez!

- Hm, dit sa mère. Noooo, je ne peux pas le faire pour Erik, et maintenant le propriétaire a bloqué, et sans dents ... Ohhh mon fils, maintenant que vous avez des choses probablement mal fait, mais ne peut malheureusement pas le prouver.

Pouvez-vous me dire pourquoi le propriétaire est resté coincé? Lorsque nous arrivons à une solution, il se lève et fait preuve d'une grande peur.

- Erik, mon petit fils. Est convaincu que la vérité ne vient pas maintenant. Vous saviez que je devais démolir la maison, avec tous les moules qu'il y avait, c'était ennuyeux, maintenant la compagnie d'assurance va en construire une nouvelle, et c'est bien. Cependant, je penserai toujours à ce qui s'est passé.

-Oui avec la mère. Je pourrais bien rentrer chez vous, jusqu'à ce que la maison soit dégagée, et lécher mes blessures, après ce qui s'est passé.

Mère avait un étrange regard fade.
Ce sera toujours dans mes pensées Erik. Eh bien
maintenant, et appelez-moi bientôt, mon fils.
- Alors je peux te dire quelque chose Erik ...
- Oui, fais-le André ...
- Eh bien, cette Eva, qui était avec Tobbe.
- Ouais, c'est quoi avec elle? Dit Erik.
- Qu'Eva, dit André, travaille pour la police ordinaire pour
garder un œil sur Tobbe, parce qu'il avait une vie plutôt
désordonnée, alors maintenant tu connais Erik.
Oui, il y avait beaucoup de pensées d'Erik, qui a
maintenant perdu son ami pour toujours.
André réfléchit à ce qu'il avait trouvé et s'interroge
clairement sur la mort de Lismaren. Etait-il mort? ..... Ou?

Esprits noirs

En savoir plus sur les détectives à venir
L'auteur Jesper Persson

Même dans une version suédoise
Svart Spiritus
Spiritus noir

Sortie à l'été 2021